科伦·麦凯恩作品系列

Colum McCann
SONGDOGS

歌犬

〔爱尔兰〕科伦·麦凯恩——著
方柏林——译

人民文学出版社
PEOPLE'S LITERATURE PUBLISHING HOUSE

著作权合同登记号　图字 01-2022-4420

Colum McCann
Songdogs
Copyright © 1995 by Colum McCann
All rights reserved.

图书在版编目（ＣＩＰ）数据

歌犬/（爱尔兰）科伦·麦凯恩著；方柏林译. -- 北京：人民文学出版社，2023
（科伦·麦凯恩作品系列）
ISBN 978-7-02-017818-6

Ⅰ.①歌⋯ Ⅱ.①科⋯ ②方⋯ Ⅲ.①长篇小说－爱尔兰－现代 Ⅳ.① I562.45

中国国家版本馆 CIP 数据核字 (2023) 第 034219 号

| 责任编辑 | 朱卫净　潘爱娟　邰莉莉 |
| 封面设计 | 钱　珺 |

出版发行	人民文学出版社
社　　址	北京市朝内大街 166 号
邮　　编	100705

| 印　　刷 | 山东临沂新华印刷物流集团有限责任公司 |
| 经　　销 | 全国新华书店等 |

字　　数	150 千字
开　　本	889 毫米 ×1194 毫米　1/32
印　　张	7.5
版　　次	2023 年 3 月北京第 1 版
印　　次	2023 年 3 月第 1 次印刷

| 书　　号 | 978-7-02-017818-6 |
| 定　　价 | 50.00 元 |

如有印装质量问题，请与本社图书销售中心调换。电话：010-65233595

献给艾莉森

于是我们划着船，继续向前，逆流而上，船毫不停歇地倒退，迈向过去。

——F. 司各特·菲茨杰拉德《了不起的盖茨比》

回故乡爱尔兰之前,我第一次看到了土狼。在怀俄明杰克逊洞(Jackson Hole)附近,它们被一连串吊在篱笆桩上。在融化的雪地衬托下,那褐色的皮毛格外夺目。它们全都头朝下,被橙色的绳子绑在篱笆的柱子上,在腹侧那褐色和白色交界处有两个清晰的弹孔。土狼的脚是干的,但浑身腐烂发臭。它们的口鼻和脚爪低垂下来,嘴张开着,仿佛是要嚎叫。

这么将它们挂住,是牧场主在警告其他土狼切莫闯进地里来。如果它们在附近小跑,把脚爪抬到胸前,竖起耳朵聆听,晃动着尾巴,牧场主就会用子弹,将其打回老家。不过土狼不像我们这么笨——死者去的地方,它们是不会去冒犯的。它们会继续前进,换个地方,继续歌唱。

目 录

1 星期二 河有河规
27 星期三 野狗的良辰
77 星期四 渴求奇迹
101 星期五 上帝啊，真是不错
133 星期六 缤纷蓝苍鹭
165 星期天 主啊，我记得
205 星期一 留下平安

228 译后记

星期二　河有河规

我坐在背包上,在树篱边,老头子看不到我,我看着缓缓流动的河,看着他。

连河自己都不知道它是条河了。河面开阔,颜色黄褐,几只塑料袋子歪在芦苇荡里。就连在河湾处,河水的声音都已经不复存在。一片聚苯乙烯泡沫,绕在步行桥的桥墩上。有一层油,懒洋洋地漂在河面,在下午的阳光下,折射出斑斓的色彩来。

可是老头子还是在钓着。渔线甩了出去,划出一道亮光,飞蝇钩轻轻落到水里。他用腕部甩动了一下,每次甩竿后,头便低垂下去,将散线绕回,揉揉自己的前臂。过了一会儿,他就走到一棵老白杨树枝条下,坐进一把红白双色条纹的休闲椅子。他的头向树篱这边转过来,没看到我。他往椅子背上靠了靠,开始收拾渔线末端的钩子,将钩子和羽毛放到嘴巴里,吹了吹,想把装饰羽毛吹起来。他身上的外套,乱七八糟地披着,裤腿吊得老高,现出了脚踝处绿色的威灵顿靴子来。他起身把外套脱掉时,看到那身形我大吃一惊——简直瘦削得跟原来寒冬二月我用来做十字架的芦苇一样了。

下午慢吞吞地继续着,他让软木手柄随意地支在裆部,斜下身子,向地上啐了一口,把下巴上的一点口水擦掉。有时候他把帽子推一下，向剪刀一般划过天空的雨燕致意，然后就看着躺在垃圾当中的渔线了。

很久以前，在七十年代——那时候还没有肉联厂——他早晨会带我过来，让我下到激流里，逆流游泳。他是游泳好手，身子结实，肩膀宽阔，脖子粗实如牛。即便在冬天，他也会穿着红泳衣下到水里，犁一般往前划着，双臂划动如风车。一绺绺湿润的头发，贴在他渐秃的头皮上。水流很急，他能原地不动地游着。有时候，他能在同一个地方待上一两个小时，只是在那里划啊划。有时候，一边游着，嘴里还会大声喊着。母亲站在岸上看。她皮肤黝黑，几乎是沼泽的色彩，土地的模样。蓝色的劳动手套一直套到肘部。眼睛下方有眼袋。她会在那里站着，看着，有时候挥挥手，偶尔理一理银发上系着的五彩缤纷的松紧带。

我抓住白杨树的根，身子在水里。我那时候七岁，在水里的时候，胳肢窝会感到水流的拉力。水从我的脸上掠过，我的身子在水下摆动。老头子则仍逆流划着。划够了，他便停住，让水流将他往下游冲一冲，冲到河湾处。我便松开抓着白杨根部的手，随着他，一起顺流而下。他会伸手过来，抓住我，抓过我泳衣上的系带，将我拉过去。然后我们开始穿衣服，一起在泥泞的河岸上发抖。妈妈会来叫我们吃早饭。老头子的头向河里点着。河有河的王法，他告诉我说。河注定是要裹挟着一切，滔滔向前。

可是，今天下午看着他，我在想，而今他要是再来游的话，他会跟芦苇荡里那些臭狗屎和垃圾一样，漂来漂去的。

夜幕降临的时候，东方的天空现出尼古丁一般的色彩，渐渐融入西边的红霞。几朵淡淡的云，在其间刀削一般穿插而过。老头子拿出香烟来，用掌心拍了拍烟盒子底，将盖子打开，用拇指向上弹起，那动作带着一种久经磨炼的耐心。他把手伸进外套口袋里，拿出几根厨房用的火柴来。从远处，我都能看到他的手在发抖。他连擦两根火柴，才把烟给点着。

他向雨燕吐了吐烟雾，将渔竿又拿起来，充满爱抚地摸摸那玻璃杆，举到身后，作最后一次甩竿。一团渔线哗啦啦跌到水里，河水飞溅起来。那一刻，一切都凝聚到了一起：水滴溅起来，照在阳光下，五光十色。此刻我突然意识到，在这一切当中，老头子与河水难舍难分——老头子和这河流，一辈子的身份互为交换，过去他们狂放不羁，变动不息，总在折腾，总在求新求变，总在往前冲，现在他们慢下来了，在奔向一片终极的、静止不变的大海。

一九一八年夏天，在一个俯瞰着大西洋的山崖顶，一个红褐色头发、裙子上只有一只袖子的女子，生下了我的父亲。在镇上，人们都叫这女子疯女人——她的一只胳膊缩在裙子里，贴在腰部。出生的境况谁都不感到吃惊。海的飞沫溅到崖上，紫色的野花爆炸一般盛开，一定让她想到了在那遥远的佛兰德斯爆开的炸弹。她刚收到一封信，信里说她的心上人做了战争的炮灰——他是本地人，七个月前上了她，而后离开梅奥，穿上英国军装，去当兵了。或许，她剪断了脐带之后，跳起了疯狂的伤悼之舞，而对孩子的黑发、粗糙的红唇、极白的皮肤，还有扁耳垂，她都没觉得有什么好吃惊的。

孩子被两个新教女教友发现了。这两个女子住在海边一幢大宅里。有个星期天出来散步，看到脚踩过的草丛中有个包袱，上面露出了婴儿的皮肤。一个女子脱下衬裙，将孩子包起来，带回家中。我的祖母，那个疯女人，失踪了。只是在通往山里的路上，她的衣服撒落了一地，包括那只有一只袖子的裙子。

两个女教友就在这大宅子里，把他抚养大了。宅子里有精美瓷茶杯、收音机，还有上面堆着几勺子冻奶油的烘饼。她们让他坐在大钢琴边，用嘴舔舔手指，将他的黑发向后梳，他的额前总有一绺放荡不羁的乱发。他的衣服是从都柏林直接订购的，精美的白衬衫，可惜他在沼泽地里跑来跑去的时候给毁了，粗呢裤子在海边岩石上划破了，精美的蓝色领巾也被他拿来包着石头砸麻豫鸟。她们在新教教堂里给他受洗，教名为戈登·彼得斯。多年后，因为这个名字，他在学校里挨了揍，他便在两个女教友牙刷上撒尿，报复她们。

可是他还是以一种奇特的方式，爱着这两个人，这两个眼睛明亮、眸子深绿的老太太。每次散步散久了一点，回来时他总会从黑池子边上采些野花回来。这紫色的花儿放在餐桌上的昂贵花瓶里，一朵朵互相点着头，仿佛是在相互致意。她们两个人他都称为"阿妈"。他带着石头从海滩回来，说着自己在海滩上一路走，一路有海豚跳起。他的朋友曼利，还发出尖叫声，据说会吸引来海豚。两人会在海边一起待上几天，喊叫着，眼睛向着大海。两个女子会送来打包好的午餐给他们吃，将长长的裙后摆铺到岩石上，坐着，看着自己的养子。

父亲的模样看起来一定古怪，他穿着系有腰带的蓝外套，眼睛黝黑，眼神里那时候就已经有了遗传的不羁和忧伤。

十一岁那年,听说了生母的故事后,父亲给自己重新取名为迈克尔·里昂斯。他觉得这名字在本地司空见惯,更有可能是他父亲的名字。他穿着短裤,站在悬崖边,因为父亲那平白无故的丧生,他向大海吐痰,他要让海把痰带过去,浸到英国。可惜那时候他还没有意识到,他的痰是向西吐的——向着墨西哥、旧金山、怀俄明、纽约这些后来他的痰真正到达的地方。

两个女子下到海边,每人拉住他一只手,让他一路荡着秋千回家——一脸雀斑的小男孩,如一旋转飞椅,小小的、褐色的鞋子踢向空中。

一九三四年春,两个女教友决定划船,给岛上人带点吃的过去。我父亲没和她们一起——他在沼泽地里用弹弓打麻豫鸟,那时他正是发育期,身体上有些不便之处了。海水波平如镜,姜黄色的阳光洒在水面上。两个女子离了码头,进到沼泽里,手上打着白色的阳伞。她们开始划船,船桨在海上荡起同心圆的波纹,码头渐渐退后了。没有人知道接下来发生了什么——其中一个女子,罗耀拉,是划船高手——可是或许她是侧身看海豚,看一只漂浮的鞋子,看海星,或是看一只被人废弃的瓶子,然后就一头栽到水里了。或许,她的朋友一时鬼迷心窍,一起跳了下去,阳伞飞了,一个银发老太,穿着白色花边裙子,双臂张开,纵深一跃,跳进澄蓝而平静的海里。到了水里,她们对视了一下,猛然记起一个重要的事实:两人都不会水。阳伞漂在海面上,我能想象两个女子是如何一起沉到海底,手拉着手,懊恼着养子不能在海草中与她们相见。

她们的遗体被冲刷到了海滩上,当时有海豹在附近的岩石上大声叫着。

两个女教友被葬在靠近入海口的一个宁静墓地。河流在那里轰鸣着，汇入大海。在遗嘱里，她们把所有家产都留给了我父亲——房子、土地、瓷器，还有从瓷杯里向他俯视着的牙刷。他那时候十六岁，坐在客厅的红木桌子前，寻思着这空宅子一下全砸给了自己该如何对付。园丁和管家照旧上门来做事，敲着门上的铜环，他去开门的时候，他们迅速脱帽，神情严肃地向他点点头。他给他们发薪水，但嘱咐他们不要再来，说家里的杂务他会自己动手来做，他每周还照旧会从遗产里拿钱出来给他们发薪。他们带着疑惑的目光，从那碎石小道上走了，边走边回头。草开始长长了，长过了槌球球门。槌棒也丢了，没在了杂叶间。窗帘一直拉开着，任由一束束的阳光进来，把家具晒褪色。父亲的衬衫和马甲在走廊地上摆得到处都是。他开始在室外走廊上睡。楼上的屋子里，幽灵的声音实在嘈杂。屋子显得陌生了，可是白天他还在屋子里转着，打开抽屉，敲敲墙壁，在窗玻璃的灰尘上潦草地写着"迈克尔"。

是一部照相机将他唤醒的。他在床下一只没人注意到的红色大箱子里发现了它。这相机本来属于罗耀拉，可是她从来没有跟他提过。打开银色扣带，一阵灰在他周围升腾起来。他把相机的配件摆到床上来。这是部老式的相机，上面是小雀商标的遮罩，胶卷完好无损，木架稳稳当当，镜头上什么划痕也没有。一张纸上有手写的说明。他花了几个小时把相机装了起来，带到楼下，走到散落着衣服的走廊上，出了门，来到前面的草地上。他为这新发现感谢上苍，开始在外面随意走动着，练习着，透过那木框的镜头，看着长长的草，将镜头打开、关上，将相机上的一点灰尘都给擦掉，用楔形木块固定住三脚架，他把相机命名为"罗耀拉"。晚上他还把它带到走廊上，夜深难眠时，就看一看相机。那时候他还不知道，日后这相机会把他推向花花世界，让他有所依托，在他心里凝结成一种信念，让他相信光的威力、取景的必要，以及凝固时光的可能。

他从都柏林订购了更多胶片和冲印设备，在草地末端建了间临时的暗房，每周将相机拆卸一次，用白衬衫的下摆擦拭，然后一丝不苟地重新装好，并用软布浸在稀释的醋里，顺着一个方向精心擦拭，以防尘垢堆积。在长达数月的寒冬，他把布和旧毛巾塞进盒子里，以免设备受冻损坏。夏季的时候，他把设备放在阴凉处，盖上一块巨大的白色桌布。

我能想象到三十年代的父亲，四处游荡，头像一只燕子，从照相机黑罩后伸进伸出。他带着相机，走在八十年前饥饿的穷人修建的路上。这些路很窄，有海边吹来的小水珠子落在上面，路像喝醉了一般，从海边蜿蜒着伸进山里。醉汉走在路上，有时候是成排的醉汉，如同大萧条年间飘动的野草。雨浸湿了土壤，敲打着地面，在海湾上空架上彩虹。狂风从水面上吹过，有时候风力极大，吹走石板、屋梁，甚至掀走整个屋顶。

父亲的朋友曼利有辆摩托车，父亲有时候会借来一用。他斜下身子，让那胜利牌摩托车绕过急转弯的角落，沿着码头，穿过乡村的绿地，脖子后面围巾飘扬着，我家老头子成了本地一景。

在梅奥那些偏僻的小路上，他用黑白照，抓拍低着头去做弥撒的老妇，伸到一注黑水之上的鲜花，废弃的乡村小屋里依偎在一起的绵羊，商店橱窗里褪色的一包包玉米片，码头边伸手在油桶上取暖的渔夫，在一辆老拖车外四仰八叉躺着歇息、伸手抓着裤裆的中年补锅匠。这是个基本上从未被什么镜头捕捉过的世界，我的父亲在四处抓拍。现在他个子大了，身子也结实了，袖子卷着，模样夸张而张扬。那卷毛在他额前跳上跳下。他手背上青筋暴露，如同密布着冰河留下的蛇形丘，青色，脉络分明。他随时可以伸出胳膊，自如地跳上一曲。舞厅外的女孩看着他，寻思着。

长着一张臭鱼脸的舞厅老板不许任何相机进舞厅。不过，父亲在附近转转就知足了。他会抽抽烟，等着曼利出现，找机会用一用罗耀拉。那年他十八岁，世界是一个妙不可言的所在。整个宇宙，他恨不得都一块块咬下来，喂到一张巨大的胶片上。在舞厅外，有时候他会拍摄第一次抽烟的女子。她们的新帽子歪戴着，鲜艳的唇膏故意往上涂了涂，让嘴唇显得更厚一些。有时候，姑娘们还让他进去跳舞，可是他无此雅好，除非能让他拍张照片。

有一次，教堂的女管家在神父寓所后的厕所里解手，他想抓拍，给逮住了。厕所门开着，能看到管家把裙子高高掀起到臀部，两膝张开着。父亲躲在一簇灌木丛里。不过，他一张相片都没拍到。棒球手出身的神父发现了他，上去就是一记勾拳，将他打倒在地。神父将相机后盖打开，拿出胶片对着光看，仿佛是在看什么神圣的经文。接下来那个星期，他的布道声音雄浑，大量引用《旧约》中关于拜偶像的经文，狂热的话语在信众的席间回荡。我家老头子戴着帽子，缩在教堂后面。礼拜者上前去领圣餐时，他把帽子推了推。从此之后，他在镇上行走，身后就如同跟着一道阴影，不过这阴影倒是有几分英雄色彩。出了教堂，他的步子就大摇大摆起来，他还带着一种传教士般的狂热，向空中啐了一口，走路的时候，肩膀神气活现地晃着。

他从遗产里拿出些钱来，在一条乡村小道末端的废弃牛棚里，修了个摄影棚。这个牛棚很古老，地上不是牛屎就是木头，角落里还有一头小牛的残骸腐烂着。他把残骸拖了出去，烧掉，用水把牛棚地面的脏物冲干净，将木板钉下去，在墙上挂满照片，然后等着顾客上门。他靠在门口，神情倦怠，嘴里抽着烟。有时候曼利会来，拿出自己的手枪炫耀一番。他打着过时的领带，穿着无比俗气的正装——都是父亲借钱给他去买的。曼利会在牛棚转悠，说着自己看过的书。他那时候宣扬无政府主义，说这是民主最完美的形式——挥拳声称支持萨克和凡塞蒂的事业，虽然这两个人十多年前在美国被处决了。曼利梦想去西班牙，或许是去参加国际旅。曼利絮絮叨叨讲着，父亲频频点头，眼睛却看着路的尽头，盼着顾客过来。

什么消息到梅奥都姗姗来迟。报纸来得晚。观念来得晚。有时候鸟群都来得晚。土壤和气候里有种沉重，导致了这种麻木不仁。他知道，如果他做出点不寻常的举动，当地人就会来他的牛棚。不久，他开始宣布，肖像照免费。此后，人们陆陆续续来了。他们仿佛做了亏心事般，鬼鬼祟祟地，沿着两边生满荆棘刺莓的深巷，走到他的牛棚里来。父亲从一根木梁上，挂下来一块白布。波纹一般的光，穿过墙板照过来，在顾客的脸上打出各种形状。憔悴的农夫，穿着做礼拜的旧正装，在那里局促不安；老祖母伸出手指，挡住一口烂牙；戴着帽子的警察；一个穿着宽大裤衩、用拳击手套拍着胸膛的拳击手；领子上别着一朵花的本地屠夫；裙子里别着安全扣的姑娘；甚至还有些年轻女子，懒懒地躺着，摆出骨感而又淫荡的姿势。

父亲拾掇了一张三条腿的旧式长躺椅。女人们躺上去，头发瀑布一般披向地上。曼利也不管什么政治不政治了，伸出他淫荡的舌头，从牛棚的木隔板后面偷看着。这些照片也不算多骇人听闻。它们有种笨拙，似乎是老头子用力过猛了——不像多年后给妈拍的那些流畅而性感的作品。大部分女子从来没有看过这些照片。几十年后，老头子颇有了些臭名时，他在法国找了家出版社出了本画册。这画册在镇上引出了一阵小小波澜，本地一位议员在画册上看到了自己的一个姑妈，照片上她左边的奶头在亚麻布衬衫下若隐若现，议员气得发了次轻微的心脏病。

雨燕飞起来天马行空，无视空间的存在。有的向上飞着，捕捉空中的飞虫，有的向下，向着海边转过去，或者只是前前后后、来来回回在飞，像一道道鞭子，抽打着傍晚的天空。他抬头看着，似乎带着嫉妒，希望自己也能冲上去，学着去飞，加入到雨燕中去。雨燕都吃了一肚子虫子的时候，他从休闲椅上站起来，拿起渔竿，将飞蝇钩勾在最下面的小孔里，离开河边，走过泥泞的土地，向着家里走去。

他用最下面的一截渔竿当拐棍戳着，蹒跚地走，黑色的外套敞开着，吊在他的身上，他嘴里叼着的烟上下左右在晃动，右手提着蓝色水桶。到了门口，他把渔竿靠在紫藤上，慢慢把自己一只靴子踢下来。穿了长袜的一只脚踏到水泥地上，凉得直发抖。他对着拳头咳了咳，将痰吐到排水管下方的洞里，又弯下腰，在水洼里把烟掐灭，猛一挥手，驱赶着空中的蚊蚋。

我拎起背包，从树篱后走出来，穿过院子，走了过去。他像一只好奇的动物似的，把脖子歪过来，闭上右眼，开始从外套口袋里找眼镜。

"我的天，"他嘟哝道，"这不是你吗？"

我伸出手，他的肩膀靠到我肩膀上跟我拥抱。他的身上有泥土、烟草和鱼饵的气味。他走到门前，将脚抵住门下面，将其推开，咳嗽着，把外套扔到架子上。

"天，你那啥玩意这么重啊。"他说。

我把背包靠在餐桌下，他走向壁炉。

"乖乖，"他说，背对着我，在火桶里摸索着什么，"你看你现在挺人模狗样的嘛！"

"你自己气色也不错啊。"

"头发理了。"

"理了。"

"耳环也没了。"他说。

"那是，好久前就不戴了。"

"你回来待一阵子吗？"

"是的，"我从桌子上拿起一把勺子，用手指转着，"一个星期吧，行不行？"

"只要你能受得了我这老头子。"

"只要你受得了我。"

"度假吧?"他问。

"差不多吧。回来拿绿卡。哪天得去都柏林大使馆跑一趟。"

"我还以为你去了伦敦呢!"他说。

"以前是住过。不过现在我在美国。"

"明白了。你都在那儿干啥呢?"

"杂七杂八的,也没什么特别的。"

他抓了抓头,发出了打嗝般的声音。"这些天,这边也没啥好说的。"

"看上去还是老样子,也就是河不一样了。"

厨房日光灯嘶嘶在响。"我现在天天去钓鱼。"

"天天都去?"

"我是想钓到一条粉色的大马哈鱼,很大,就在河湾那边。我发誓这×玩意是在嘲弄我,时不时跳起来一下,就跟挥手似的,"他伸出双手,"有他妈这么长哩。"

"大马哈鱼?"

"没错。"

"在河里?"

"怎么不行?"

"它怎么了?"

"什么怎么了?"

"河水。"

"哦,肉联厂加了几道闸门。"

"为什么?"

"不知道,好像要清理死尸什么的。"

"河慢下来了。"

"不过里头还塞着那条大家伙呢。"

"是啊。"

"我告诉你啊,他妈这么长呢。"

他再次伸出双手,两只长满老人斑的手,相隔三英尺①距离。可是我想河里超过三英尺的东西,只有很久以前他在盛怒之下扔下河的渔竿。那时候我已上初中,刚放学回来,耳朵上戴着只耳环,他握住软木手柄,将渔竿一把扔到步行桥那边,对我说,如果我不把那×玩意从耳朵上摘掉,他就要让我尝尝厉害,说到做到。当然他从来没有真的教训我,永远也不会。

"可不是开玩笑啊,"他跟我说,"你应该看看。"

"在哪里?"

"在河湾那里,我都跟你说了。"

"真的吗?"

"真的。它溜得贼快,就跟瓶子里装的屁一样。"

我笑了。他弯下腰,揉着膝盖。

"真他妈是一大家伙。"他说。

不过,不管是不是大马哈鱼,我觉得他不该再去河边了。搞不好会受凉。或是栽到河里。或是被风吹走。他把衬衣解开到了第三只扣子,从壁炉前转过身来。他的胸前皮包骨,看上去就像一把木琴。他的脸和胳膊还有些黑,喉咙凹陷处却已经发白。余下的胸毛拳曲着,灰白得如同教堂里的助侍。他的脖子像下垂的

---

① 1英尺约合0.3米。

麻袋，裤子则显得过大，松松垮垮地吊在身上。这样的冷天出去不怎么健康，虽然我还想看到他昔日甩竿的模样——即便在我憎恶他的时候，看到他钓鱼，还时不时感到惊奇。河还是充满生气的时候，那手臂的甩动，就如岸上的无数萤火虫，飞蝇钩别在他外套翻领上闪闪发亮，挥竿之间，他渐行渐远，只留下巨大的忧伤。他会低声念叨着"一二三甩起来"，将渔线抛入风中，玻璃竿的顶部向上一划而过。有时他还会甩一下，让飞蝇钩干燥起来，然后，任由飞蝇钩在水上划一道弧线，砰一声掉下去，激起轻轻的涟漪来，他在岸上跺一跺脚，朝水面吐一口唾沫。所有这些举动之中，暗藏着各样的暴力。

他又咳了，在口袋里摸索着找手帕，拉出来，几个钢镚一起掉到地上。我弯腰去捡。我站起来，看着新的十便士硬币。

"是什么时候换这硬币的？"我问。

"哦，一年前吧。"

"明白了。"我看着上面的竖琴，铸得不错。

"你回来很好，康纳。"他终于说了。

他的嘴唇在发抖，他拿着拨火棒，走向壁炉，跪下来，轻轻地拨弄。几大块灰渣掉下来，落到水泥板上。他用大拇指把它们压碎，然后舔舔拇指，缓一缓灼痛，舌头里吐出一点灰渣来。他挣扎着要从跪姿站起，我把手伸到他右胳膊下。

"得，"他突然来了个急转身说，"我他妈还不是残废呢，你晓得吧。"

"我知道。"

"所以我可以自己站起来。"

"当然可以。"

"什么忙都不要你帮。"

"好的,好的。"

他把手支在水泥地上,又以壁炉架为支点,站起身来。妈妈的一张照片——摄于墨西哥的一根篱笆桩旁——还靠在壁炉架上。他没有看。只是站起来,呼哧呼哧喘着粗气,直了直身子,打了个呵欠,然后像直升机一样甩了甩手臂,仿佛在拓展着自己的宇宙。

"看到没?"他说,"我他妈壮实着呢。"

他一瘸一拐地走进厨房,拿出一瓶威士忌和两个杯子,由于手抖,一个杯子磕到瓶子上豁口了。他给自己倒了一大杯,将瓶子递给我。"就对着瓶嘴喝吧,"他跟我说,"其他杯子都不干净。"我想这是老头子第一次看我喝酒——不过,年少时,妈不在,他会给我讲讲故事,而后我会从他口袋里偷点钞票,跑到镇上,买大壶装的浓苹果酒,沿着河岸回来。我会绕开上面鲜红色野花怒放的两位女教友的墓地,以免有损她们的一世清名。

快二十一岁那年,他站在一个法西斯军营,看着大片面包如白云般凌空而下,降到马德里。这是马德里城见过的最怪的一场雨。面包划过冬日的天空,越过曼萨那雷斯河河畔的崖顶,降落伞带着这些面包,如同片片雪花,向这座城市轰下来。它落在街道上——从那些看不见的飞机上,划着完美的弧线降下来,而那些飞行员,则在一九三九年,扮演着云端的耶稣,施行着一个神迹。

有消息传到法西斯阵营，说面包从高空降落，把王宫的窗户玻璃都给砸破了。雪地里砸出了很多大洞。鸟儿和饥饿的人们一哄而上。屋顶的瓦片被砸了下来，放在窗台当沙袋用的书也被震掉了。城里的小孩不去捡弹片，转而去捡面包了。一个共产主义者被从天而降的面包砸死了。法西斯阵营的一个神父听说了这次天降之死后，大为振奋——要是他们从天上降下圣酒就更好了，他们就可以给所有不敬神者的死，做一堂弥撒了。神父说，面包比炸弹还管用。

可是几天后，炸弹又开始了。马德里火光冲天。有笑话说，共产主义者拿来烤着吃不错。

我父亲站在营地，喉咙处贴着一个圣像牌，看着面包和炸弹砸落下来，砸向在城里什么地方的老友曼利。他想象曼利一定是把刘易斯机枪架在肩膀上，对着这些古怪的面包包裹，把它们扫射成碎片，让面包屑天女散花般落在四周。或许曼利会出神，认为这是一群飞鸟，一群鸽子，在空中划过。或许会有爱着他的姑娘，给他送来一块面包。或许曼利死了——战争快结束了，也剩不了几个共产主义者了。

马德里包围战在冬季继续着，父亲以相机为眼，观察着，将鞋底的霜磕掉，雪花化在佛朗哥军装上。

曼利先于我家老头子，早早离开了爱尔兰。那些粗俗的正装，挂在一个壁橱里。那时候他迷上了马克思，潇潇洒洒地走了，把我父亲一个人丢在城里。曼利走得有点稀里糊涂，不过两年后，父亲也跟着走了。他是在二十岁生日的时候走的，出走并非因为政治原因，只是觉得乏味。他卖掉了老屋，去两个女教友的墓前最后瞻仰了一次,把罗耀拉送给了镇上一个年轻小伙。他把遗产所得的钱,大部分都装在了裤子的腰带里。他离开时,有几个人怪怪地瞪着他——小雀相机已经成了小镇的一景,或许大家会怀念它。带着无知者无畏的情怀,他收拾了个帆布包,出发了。两部新的莱卡相机挂在胸前,步子一蹦一跳。他没有停下来接受神父的祝福,虽然神父对弗朗西斯·佛朗哥和奥达菲将军的品德褒奖有加。

老头子一路搭顺风车,步行穿过暴风雨,沿着海边向科克进发。他模样精瘦,没刮胡子,戴着褐色帽子,在田野间游走。血红色的罂粟,如同写在地上的预兆一般——这是他看到的最后一眼的爱尔兰。这一去,便是近三十年。

唯一一班离开的船上,载满了穿着蓝衫的爱尔兰法西斯。大家唱着壮士浴血葡萄园的歌曲。在法兰西海岸之外,海浪拍击着船,船转来转去,人们的胡子疯长。最后,在一个蓝色、美丽的西班牙海湾,他们登陆了。有人弹起了忧郁的吉他,可是声音被男人们的喊叫淹没了。大家挥拳致庆,橱窗里的姑娘向他们打着飞吻时,他们抓着自己的裆部。可是后来歌声停歇了——一个士兵和一个少女亲吻时,那亲共的少女把他舌头给咬了下来。那女孩想从撒满草料的田间跑走,但是被当场射杀。整个军团的人瞪着双眼,鸦雀无声。在路边,有神父给士兵们念祷词,洒圣水。大家继续向前,其中一人的嘴里,只留着一截无用的舌头。突然间,出现了橄榄树、浮肿的尸体、柠檬园、布提法拉香肠、担架、碾扁的脸。我父亲拍了些严重受残的肢体、废弃的子弹壳,邮寄给报纸编辑。他们将大部分投稿随手扔到了垃圾桶,不过时不时也有一些，出现在某张英国报纸的角落，放在某些大胆的年轻记者多姿多彩的报道边。这些照片主题幽暗，发人深省——一个随军神父在田地里，从死者身上跨过；一个女子从大腿的伤口里取出弹片，那样子仿佛是对自己巨大的伤口感到厌倦似的；一个肥胖的医生在担架上方抽着烟，空袭过后，乡村尽毁，遍地残余骨骸。

老头子向救护车司机行贿，拍下这些照片。他在咖啡馆里咋咋呼呼，在露天矮树下睡觉，风尘仆仆地赶向马德里，曼利和其他共和国卫士被围困在那里。父亲并没有什么政治立场，他不过是一个摄影师，拍着各样的景象，可是为安全起见，他把神像牌挂在脖子前，并在一部莱卡相机上贴了张佛朗哥的照片。他并不喜欢此人——不过这是一蒙混之物，是一通行证，是一狡兔之窟。他也不喜欢曼利的偶像斯大林。他在那边一定显得非常滑稽，坐在厢式货车背后，头上围着手帕，四周打结，上面戴着帽子，周围是拿枪的男子。他的帆布包下面，系着两块福克斯福德牌毯子，这也是他和故乡唯一的牵连了。

他穿着一双巨大的黑靴。靴子是从一个死去的威尔士共和国卫士脚上取来的。那人的尸体是他在灌木丛里发现的，当时就已经恶臭难闻。那人军装口袋里有一封信，告诉他妈——住在德菲河上——他多么想念她做的饭食。"妈，这些东西真会……"信写到这里戛然而止。老头子解开鞋带，将靴子脱了下来。他需要新靴子，他自己的靴子底已经脱落了。他在脚趾处塞了些报纸，然后写了封信给死者的家人，说有朝一日会把靴子还过来的。一只靴子的底上有镰刀图样，每次右脚着地，都会在湿地上留下镰刀的图案。他会让这镰刀的图案连续几里。后来团里有个士兵，径直走到他后面，举起枪，逼迫他脱下靴子，说："穿共党分子的鞋子，人就是共党分子。"他把靴子脱了，放在地上，士兵把靴子打了个稀巴烂。皮革到处乱飞，鞋带哀悼一般歪在那里。或许，德菲河岸上有户人家，多年来一直在等着一个褐色大包裹，等着死去儿子的一点蛛丝马迹，等着听到一个英雄式的去世。他们在成堆食物和发霉的剩饭剩菜之间，等啊等。

死去的士兵名叫威尔弗莱德·欧文，让人想起那位一战的诗人。多年后，我父亲的生活也让我想起了该诗人的一句诗："男人没有伤口的额头上 / 有血在流。"

他又用物物交换的方式，得到了另外一双鞋子——一双绳底的帆布鞋。等天冷了，乡下大雪弥漫，他就买了新靴子。他的脖子上仍然挂着亮亮的圣像牌。到了马德里，他早就把歌颂民族主义的歌唱得烂熟于心了。

在胶树之间，他等在城外，看着气息熏得飞行员鼻孔粗大的大量面包装进飞机里。成千上万的面包。有的粉还在发胀。他站在营地，看着飞机飞走，寻思自己究竟为了什么来到这里。他给等飞机归来的民族主义派战士拍照，他们操练着，摆弄着惠威策枪，玩着黑发的妓女。妓女的照片就和面包的照片一样多。他对那些妓女尤其着迷，那些年轻的女子，裙子拉起到已经惨不忍睹的大腿根。那时候时髦丰满一点，所以姑娘们有时候一件叠一件穿上四五条裙子，好让臀部丰满起来。周围的男人，一个个阳具刚劲有力，如若枪管。一张照片上，一群男子在帐篷前排着队，中间有德国人、西班牙人、摩洛哥人，个个身上出着汗，样子很不耐烦，大家在等着一个身材瘦弱、一脸痘疮的妓女。那妓女穿着宽松的内裤，长袜卷到了一只脚踝。她正跪着，在一个同样瘦弱的士兵面前，嘴巴对着他的裆部。队伍后面一位战友向空中挥拳，庆祝那士兵高潮的到来。他自己的拉链已经打开，阴囊露了出来，就如同一只水下的水螅虫。

在一些临时医院的帐篷里，求治梅毒的不少于来治弹伤的。多年后，我在阁楼上翻找那些盒子，看到很多裸体女子。在灯光下，这些女子在他镜头前鱼贯而过，身上故作羞怯地围着毯子，头斜向一边，眼睛似眨非眨。发现这些照片的时候，我才十几岁。我会坐下来，坐在阁楼的一块木板上，把玩着自己正在成形的身体。我成了相机，成了摄影师，这时候我又一直痛恨父亲能将这些景象据为己有。我走进了照片里面，打开帐篷的帆布门，站在那儿，开始有点发愣，继而和这些女子说起话来。这些女子见到我这样奇特地出现，面露微笑，将我召回到三十年代，问我一些狡猾的问题。我坚持留在相机后，外面的飞机装载得满满的，在云端轰鸣。女人们会在照片里为我挪动，会到相机后面，牵住我的手，带我去镜头照不到的地方，让我抚摸她们，手指一弹，就解开了我的衬衫纽扣，让我去探索，让我在她们身边睡下。我发誓有时候我能听到面包掉到外面的声音。

马德里投降后，西班牙的墓地里埋满了男人。这个世界离不了这些人，有别的战争还需要他们上场。

曼利是在城里一个尸横遍野的地方找到的，少了一条腿，在一间被炸毁的屋子里，满嘴胡话，边上是一排发霉的面包。屋子的门窗都被拆了当柴火。曼利躺在一张尿臊气冲天的垫子上，没有刮胡子，脖子上有大片脓肿。看到父亲的圣像牌，他向父亲脸上吐着唾沫。可是那一天，老头子还是跑遍城里，给他的朋友买了个假证，上面的名字是戈登·彼得斯。曼利拄着拐杖四处乱爬，还给自己编造了一个全新的经历，和其他几个散落的共产主义者带着新的身份，在城里东躲西藏。父亲的遗产还在，缝在裤子后的塑料袋里。他和曼利计划着一起离开城市，可是一天早晨，曼利出去买东西的时候，突然失踪了。父亲在那空壳般的屋子里等着，几天变成了几星期，相机上积起了灰尘，床垫开始溃烂。他到处找自己的朋友，呆呆地、痛苦地找着，就是找不到。

一天下午，他在曼萨那雷斯河岸上，发现了曼利的拐杖——拐杖上刻着戈登·彼得斯的首字母缩写 G.P.——他确信他的朋友死了，虽然他找不到遗体。

多年前在梅奥拍的照片上，曼利穿着那些粗俗扎眼的正装。这些照片成了父亲对于朋友最为鲜活的记忆。老头子说起曼利的时候，总是想着那个有着色眯眯眼神的十六岁少年，而不是那个夜间浑身臊味的独腿士兵。老头子常这样，如果照片捕捉了某个时刻，这个时刻就永远凝固住了。摄影好像能让他随时回到某一段旧日的生活——那时候的身体没有下垂，毛发没有脱落，或者是未来尚不存在。时间就在他握紧的拳头里。他可以将它捏碎，也可以让它飞翔。他仿佛相信，一些属于过去的东西，有能力成为一种现在。这是他自己对于世界的整理。只要拿一张胶片放到化学药水里洗一洗，过去就可以洗成现在。曼利曾经是十六岁，因为照片的凝固性，他可以永远保持在十六岁。

即便今日，我想他还是相信，马德里的上空飘着面包，或许只有一片，或许是用降落伞装的一包，从那高高飞翔的轰炸机里降下来，悠悠地从空中飘落，准备着陆。

喝完威士忌，他在椅子上睡着了。我后来不小心把厨房的水壶碰倒，他醒了过来，把毯子往身上裹了裹，咂了咂嘴，伸手到衬衫口袋，拿出一盒梅杰烟。过了几分钟，他又睡着了，烟在烟灰缸里燃烧着。我把烟熄了，上了楼，在铁一样颜色的水里，洗了个热水澡。我的衬衫有味了，可还不至于像他的衬衫那么厉害。他身上很臭。一屋子都是这气味。浓浓的、久未盥洗的气味，日渐老去的气味，闻起来又像熄掉的篝火堆。多年前，妈还在的时候，她会在池子里洗我们的衣服——她会离开家，去一个农舍的厨房里洗，一边洗一边看着爱尔兰变幻莫测的天气，还有一排黑乌鸦，从褐色的沼泽上低低飞过。她给我讲她过去那些色彩斑斓的故事。她会把我抱起来，让我坐在池子边，眼睛看着成排的乌鸦，说着别的地方别的鸟雀：秃鹰、信天翁、红翅老鹰。她有一些毛织布，有时候会挂到晾衣绳上，在大地上鲜活地抖动着，红色、蓝色、绿色。对她来说，墨西哥就在那晾衣绳上，挂着，晾着，那些毛织的围篷充满活力，衬托着父亲的马甲、裤子、内裤这些平常的衣服。这些衣服的庸常，紧紧拴在木桩之间。

这些日子，妈不在身边，老头子让尘土——十一年的尘土，撒落在四周，在他的衬衫领子上。

在浴室，水管下方的排水口，塞着一团毛发。肥皂盒里有小小一块肥皂。我从背包里拿出洗发水，倒进浴缸。浴室窗户外一团漆黑，感觉不错，没有蚊子或是沙丘虫在空中乱飞，只有几只并无大害的蛾子，笨笨地砸向窗户。我躺在浴缸里，直到水冷却下来。半夜的时候我把老头子叫醒，问他要不要到楼上他的床上去睡。可是他迷迷糊糊地说："我在这里好得很，很舒服，我常在这里睡。"

椅子的边，在他脸上压出了一道红印，一直伸到他灰白的胡子边。他的胡子本身也在萎缩，不是在往外长，而是往皮里缩，看起来好像是一两个星期的胡茬，其实或许都长几个月了。他的脸上有两块地方已经不长毛了，留下两处光净的地方，给他的光头增添了些对称感。我看着他醒过来。他摸了摸脸上的红印，咳嗽着，伸手拿起烟灰缸里掐灭的香烟，闻了闻，然后抛向壁炉，又另外点了支。"熄灭了再抽，味道很他妈糟糕。"他说。他用牙齿咬着新的香烟，环顾下屋子："天，真够冷的，是不是？"

我走到楼梯下面的壁橱前，拿出蓝色的沙滩毛毯。毛毯有些霉味。我等着他把烟抽完，然后把毯子递给他。他将毯子裹在身边，一直围到下巴处，冲我挤挤眼睛。不过，我拿了个垫子放到他脑后的时候，他把我的手推开了。

"康纳，"他说，"看在耶稣的分上，我都以为你死了呢。"

他还是我五年前离开时的那个老怪物。我真够蠢的，以为这么跑回来，情况会有所变化。可是好歹只是一个星期，这点时间，我们双方都能熬过去——再说了，我还得安排去都柏林几天，把签证的事情给办好。可是我也想知道，如果我告诉他，这些天我一直住在怀俄明的小棚屋里，打着工，勉勉强强能交个房租，不过是在那边漂泊着，他又会作何感想。或许他根本懒得去管，不会觉得难过。他只是慢悠悠甩他的竿，过一天是一天。

　　晚上，我在卧室坐起身，看着窗外，看着梅奥漆黑的夜，和远处灿烂的繁星。从某种意义上说，回来感觉良好——回到任何地方都会感觉不错，任何地方，因为心里会踏实地知道，你会再次离开。河有河的王法，他说的。必定是要往前赶的。上次离家的时候，我决计不再回来——在车站，他塞给我一张十英镑的钞票，火车开动的时候，我又把钞票直接砸还给他。可是够了，不要再抱怨了。我现在回到了家。窗外兴许还有千万种可能，如果我想的话，我还会让麻豫鸟回到这样的夜里。

星期三　野狗的良辰

早晨给他做了饭,可是他不想吃。他说,这种"蛋黄在上"的做法是美国人的主意,还说我不但做饭的方式变了,连说话都有了些美国腔。

他只是坐着,眼神里有种怠惰,用叉子在盘子上把鸡蛋划来划去,留下一道道油迹,时不时还用叉子碰碰牙齿。他的嘴唇动了动,好像在咀嚼着什么,下嘴唇咬到上嘴唇上,发出一种干干的、似乎在咂嘴的声音,但是很快又空落落咬了下去。他的手指在油迹里划了划,又用蓝色的工装袖子擦了擦,莫名其妙地瞪着我,告诉我说城里一半的人都领了绿卡,或者是拿到了英国失业救济号码,剩下的只有老人了。这些儿女只在圣诞的时候才回来,说话声音都拖长,"H"发音也四处乱丢。他说真是奇怪,香农机场和这里之间,怎么没有"H"啊"哇塞"啊撒得一路都是。

我们沉默了好久,最后两条流浪狗过来,在外面院子里乱叫,一条黑白花色的柯利牧羊犬,和一条红色项圈的金色拉布拉多犬。它们在牛棚边转着圈,挨得紧紧的,互相追逐着,摇动着尾巴。老头子站起来,拖着步子走到窗前,又咂了咂嘴,靠在窗框上,把窗帘夹在拇指和食指之间揉搓着,看着狗。柯利犬将拉布拉多犬堵在过去的暗室所在地——现在不过是一场大火后留下的空架子而已——仪式一般跳着舞着，然后骑了上去。

老头子笑了，在窗帘边搓着手。狗还在忙乎着它们的好事，老头子从窗户边转过身来。

"这些狗，真是一日之计在于晨哪。"他说。

我们都笑了，不过他的笑声很是古怪，持续时间不长。他似乎是刚笑出来，又迅速给吞了，吞到了萎缩的喉咙里。他缓缓走到食物储藏室，将渔具准备好。外面的狗吠声还在持续，打破了清晨的宁静。问他白天要不要人陪，他摇头说不。他说钓鱼还是安静点好，别惊扰了大鱼。它们的听觉很灵敏的，隔几里都能觉察到有人来，这和波浪的振动还有声音的动感有关系，大马哈鱼更是敏感。我知道他是在扯淡，不过还是随他去了。他向河边走去，一边走，一边在呵斥那些狗给他让路。

他用脚慢慢推了下绿色大门，艰难地爬过梯蹬。他已经在前往河岸的倒挂金钟丛中踩出了一条路。昨夜的细雨，让这路中间部分泥泞起来，他一开始得把腿叉开，脚分别踩在泥水的两边。可是后来他索性放弃，踩到那污泥里面，迷迷糊糊地、哗啦哗啦地往前走，然后将长靴在长长的草上擦。他把渔具摆出来，开始甩竿，陷入到他那厚重而灰暗的沉默里。狗沿着小巷跑了，在有大坑洞处的河湾，它们停下来，再一次发出淫荡的狂吠。

老头子晕乎乎地待在马德里，直到一九三九年夏天，一个墨西哥士兵——一个共党分子，右手只有两根手指——请他去另外一个大陆。欧洲又发生了其他一些战争，那士兵说他知道奇瓦瓦沙漠有个地方，可以避开这一切，坐着，喝得烂醉，把帽子放在脸上，做梦，用全部的手指摩挲着酒瓶、吉他、骏马或者美女。

父亲对骏马和吉他没有兴趣，可是士兵的军装内侧有张他妹妹的照片。他小心翼翼地将其夹在两指之间，如同一支珍爱的香烟。照片上的女子很年轻，不超过十七岁，穿着蓬松的白色亚麻裙，手上有面粉。这照片就足以让父亲跃跃欲试，他巴不得马上出发了。再者，他也见过太多死亡了。他想忘掉曼利。欧洲就留给这些次第的残杀和成堆的骸骨吧，听由其自相残杀好了。他将帆布背包装满胶卷，将自己的照相机换成了一部新型号的莱卡相机，出大钱想买下那士兵妹妹的照片。照片边已经发黄，可是士兵不肯出让。父亲于是拍了张士兵拿着这照片的照片。他们是在西班牙南部海岸的集市地区，周围摆满了蔬菜，那位士兵站着，矮小，干练，一张皱巴巴的脸，和蔬菜简直浑然一体。他笑的时候，露出了烂掉的牙龈和乌黑的牙齿。

墨西哥人和父亲乘了一艘船。这船装了一船烂香蕉，正要返回到绿色的世界一角。出于报复，西班牙码头拒绝让船靠岸。船长在海上不远处将香蕉倒掉了——父亲说，这些香蕉就像古怪的黑鱼，掉进清澈的水里。在甲板上，他和士兵打着牌，做着噩梦，和其他乘客打架，将香烟蒂扔向船后水浪里，看着香烟在空中嘶嘶飞过、熄灭。他们还一起在机房给水手们拍照片，挣几个小钱。那墨西哥人在甲板上漫步，看着妹妹的照片，向父亲做出种种许诺：格兰德河畔的房子、柽柳树林、十二只健康的鸡，还有不会突突突半天发动不了的摩托车。

在维拉克鲁斯，船开进了墨西哥湾，由于码头人太挤，父亲和士兵走散了。

那是个星期五下午，附近举办着什么节日，人潮涌动，父亲在人群头顶上高喊着朋友的名字，有人将巨大的瓶子塞到他手里。人们在火上烤着鱼，披着围巾的女子牵着毛驴，一辆时髦的轿车在集市上按着喇叭一路开过，集市上卖着鹦鹉、蛇。灌满了酶斯卡尔酒的人们打架，歌唱。他找了两天，但是没见那士兵踪影。于是他穿过城里，沿着海岸的小道走着。这散步几如洗礼，让他头脑清醒了下来。他向北逛去，穿过小镇，镇上到处是渔船，还有弯腰在盘弄渔网的人。他们将他带回家里，给他做菜豆吃，用咖啡给他提神，临走前现磨了玉米粉给他带上路。但有的时候，会有人冲他脚前吐唾沫——对于他们中有的人来说，他不过是一个笨蛋外国佬，一个外来户，戴着可笑的帽子。可是我能想象他在那阳光般的黄色街道上游走，精瘦干练，步子开阔，衣服下面有污迹，他的钱还别在腰带里，帽檐在他脸上打出各样的形状来，眼白上布满了细细的、疲倦的血丝，用生硬的西班牙语跟女人说话，跟男人打招呼，喝酒，蹦跳，反正是兴之所至，随波逐流，从一个河岸到另一个河岸，勇敢地将自己一次次摆渡过去，并无特定的去向。

沿着东海岸，他在墨西哥走着，一路走一路拍照——倚在窗前、戴着金色假发的妓女，在小巷里独自踢球的少年，在船上将裹着石灰的死婴丢下海的男子，穿着棉毛裤的男子，向飞鸟扔石头的雨中少年，墙上的政治标语，教堂后一头被屠宰的猪，一个穿着阿德利塔裙子、稳稳撑着阳伞在散步的女子。他拍的虽是黑白照，但能从上面看出色彩来，色彩似乎浸到了色调和阴影里。多年后，我坐在阁楼里，还能看出那阳伞是黄色的。反正有那种感觉。他的照片是这样对我说的。当时,我心目中的墨西哥有很多别的东西也是黄的——植物的叶子,疟疾的后遗症,太阳在大地上洒下一片淡黄。

头几个季节,他和坦皮科附近的渔人一起,住在一个靠近水面、前面有棕榈的棚屋里。有个名叫加百列的渔夫上了他很多照片。加百列快七十岁的模样,额前还有一片头发,加百列用嘴巴含诱饵,好保持诱饵的温度。虫子,有时候甚至还有蛆,咬在他的牙龈和唇间,在他下巴的一道缝上面,这样他的下嘴唇便鼓了出来。他用渔网或者龙虾篓子捕鱼的时候,都把诱饵放嘴里。他说这是他孩提时候学会的招数——暖暖的诱饵,他宣称,更容易钓到大鱼。他会从船一侧斜下身子,发射一般,向水上吐出点肮脏的东西。

他教我父亲如何撒网,如何绕线,如何用钩浮子,口袋里总带着一张条子,用西班牙文写着:"如果你想快乐一小时,喝酒;如果你想快乐一天,杀猪;如果你想快乐一周,结婚;如果你想快乐一生,钓鱼。"

加百列怕旱地。一踏上旱地,他的步子就摇摇晃晃,所以他大部分时候在船上,脚搭着船舷,从一个古老的香烟罐子里拿出诱饵,放入嘴里包住。他偶尔去城里找老婆,不过宁肯在吊床上和她睡,好有那种晃动的感觉。加百列和老婆一共生了八个孩子。加百列给最小的儿子取名"耶稣",意思是希望他有朝一日能在水上走①。不过耶稣走到了别处,其他儿女也一个个走了,加

---

① 《圣经》中耶稣曾经在水面行走。

百列没人可以带到海上——他老婆是在浴缸里都会晕的那种人。

每个星期天，加百列都带我父亲上船，而不是去做弥撒。教堂钟声响起来的时候，父亲就离开棚屋，下码头，出海。那墨西哥老头会跪在桨架之间的供奉龛前。木头做的圣人像，钉在木板上，悬在澄净的蓝色海水上方。船晃动着离开码头，加百列开始做祷告。他说星期天的时候，他的捕虾网就比平时满。父亲每天都看到他，照片是拍了些，可是他还不满意——胶卷那时候成了稀缺品。加百列对他来说就像父亲，他们相互填补了对方的空白。加百列想教父亲唱民谣，可是不久发现，父亲的嗓音，就跟冲下来吃丢弃鱼头的乌鸦似的。所以墨西哥老头就要他只许听，不许唱。他自己则唱出刺耳的曲子来，这些歌曲都是他眼看着大海，即兴发挥写成的。歌中唱到他过去如何潜到水深处，从海底捞出宝物来，唱到传统，唱到海水的各样变动。两个男人一起划桨，进出海口与小峡湾。寒来暑往，父亲的脸晒红了，也跟加百列学习西班牙语，把口音给练好了。加百列用他饱满的元音，在嘴里把那些虫子绕来绕去。

加百列的妻子送菜饭到码头，盘子上面都用旧布盖着保暖。她只送够她丈夫吃的一份，对那个带相机的外国佬头都不点一下。有时候她会留下来一会儿，听她丈夫弹忧伤的四弦吉他。

父亲知道，该离开了。不过，他走之前发生了一件怪事。一群旱地螃蟹从海滩进发，攻占了海边的棚屋。这些螃蟹步调一致地爬着，密密麻麻，几乎摆出了一个阵形来，爬过石头，视野内都是它们那能活动的眼珠子。加百列当时在陆地上，牙龈和嘴唇间含着诱饵。海上似有风暴来临的预兆，他去码头补网，把船系牢，这时候螃蟹侵入过来了。他想跑回家，跑向他老婆，可是全被这些动物围住了。一张加百列的照片上，他蹲在篱笆桩上，就跟一只鸟似的，惊恐万状，眼睛向下，盯着这些路过的螃蟹，他的嘴唇突起来，向那些螃蟹吐出一团带蛆的褐色唾液。他那破烂的夹克吊在身上。一顶涂黑的旧帽子，阔边，尖顶，摇摇欲坠地顶在头上。他一脸迷惑的表情。螃蟹模样诡怪，不协调，有点像我家老头，横行霸道地侵入他人的生活，注定格格不入。

回到棚屋，父亲发现屋子里被洗劫一空。他怀疑是加百列老婆干的，可惜并无凭证。背包，几件衣服，还有福克斯福德牌毯子，全都没了。不过他觉得还幸运，相机和钱都随身带着——不过这次抢劫有一种预兆的意味。加百列送他出了城，又送了几英里远——对于一个腿部就跟打摆子似的人来说，这已经是格外的牺牲了——他还送给父亲一只螃蟹的壳作为留念。那只螃蟹爬了上来，死在了加百列家的门廊上。父亲将这壳挂在新的背包上，沿着海边，继续往北，小镇越来越稀少了，马德雷山脉巍峨地出现在眼前。

晚上，老头子睡觉的时候，就像跟女人睡似的，把器材藏得好好的，爱抚地睡在一起，其他一切都蜷在自己身边，胶卷放在一特制的包里，连三脚架也藏在脚边，用一根小线拴着，连到他的大脚趾上。他还剩下足够的钱，可以去任何地方，可是为了应急，他将其藏在腰带里。他往内地走着，给草原上一个有钱的牧场主漆篱笆，和十个放牛童一起，睡在一个关马的马棚里。其他人晚上打扑克。漫长的八个月，他孤身一人，闷闷不乐地在牧场周围，想挣些钱就再换个地方。他帮人漆篱笆，砸填塞杆。士兵的妹妹常浮上心头，那照片如同一道镁光，印到他脑海里了。他时不时会醒来，看到两根梦一般的指头，在召唤着他。他是要去找到那姑娘的。他一路向北，走向得克萨斯边界，偶尔能搭上小小的灰色卡车，穿过山间。有时候，有人告诉他说世界的那一边又发生了大战，传闻说一些骨瘦如柴的女子，赤脚走进毒气室，一排一排的，如同复活节的百合；小小的水雷在太平洋上浮着，一起一伏；铁丝网如同光环一般，在欧洲四周升起——不过这一切都远在天边，他无法理解为什么人们在经历了西班牙的苦痛之后，还这么渴求死亡。他游移在漂泊和胆怯之间，我想。他本可以去欧洲，摄影，或者参战，可是他选择了继续游历，向西走，远离海的气息。风吹在巨大的空地上，他一路穿过山岭，穿过科阿韦拉，来到奇瓦瓦沙漠以东。

他发明了一种遮阴法，将白衬衫挂在一根树枝上，就能避免阳光直射。看起来他像向大地投降了，白色的袖子，摆动在莴苣龙舌兰、山艾、牧豆之间，他边走边踢，沿着无尽的干涸河流走，向食蝗鼠和沙漠狐狸的脚印致敬。没有人生活在这广袤的红色乡间。西方的天空上，西沉的残阳，在拳头大的水面上，映出血一样的颜色。死去的动物骸骨里，长出了新草。响尾蛇蜷缩在岩石下。他在这漫漫征途中，学会了一些求生技巧——如何听山洪暴发前山里的轰鸣，如何设套子捕杀小动物做晚饭，如何用手指抓蜥蜴，如何用死牧豆生篝火。早晨他早早起来，吸着卵石上残留的任何一点露水或潮气。有时候他能用手指，从沙漠的草叶上，扫下露珠来。如果实在无可奈何，他还会用随身携带的刀子，割开仙人掌，试图吸一点残留的潮气。一天中最热的时候，他会停下来，自己造水。他在地上挖一个小洞，对着里面撒尿，然后放个罐子在洞上，盖一片塑料，再用一块小石头压住塑料，让太阳蒸发那尿，然后水会慢慢地、一滴一滴地掉进罐子里。

自尿自饮，长途跋涉，腮边长起长胡子，这一切都让他陶醉。沙漠的夜晚极其寒冷，他会藏在石头后，或躲在自然的掩体里，升起小火，有时候还在夜间走上一阵，看着北极星，挥舞着胳膊御寒。他在一条河边过了一个星期，用手帕过滤水，看着四周乡村的节奏：悬崖、山谷、苔藓。有一次，一匹狼从他的身边轻轻走过，停下来，瞪着他，尾巴竖起来，然后小跑着离开了。

在沙漠高地，他终于来到了一座小镇，那里离边境步行有三日行程。风裹挟着灰尘，吹拂着低低的屋子，吹过狭窄而蜿蜒的小巷。棉白杨和柽柳，长在格兰德河一条支流的两岸。过了树林，小镇沿着一条枯干的褐色路收紧，到一个广场时收敛，接着再次散开。外面的街上有几处大房子，可是其余的都是些毛坯屋，间隔的只有一座天主教教堂，一些商店，几处酒吧，还有市政厅。在小镇边缘，光脚的孩子绕成大圈，在他周围扔着石头。他最终靠在一道矮矮的篱笆上歇息，抽起了烟，帽子扯下来挡住眼睛，阳光从天空倾泻而下。此时此刻，他看到了一个年轻的姑娘，天鹅一般行走在一间老屋背后，后面是一群大一点的男孩。她根本不像士兵的妹妹。她的头发剪短了，眼睛下面还有个以前打架留下的小小伤疤。她腿上也是瘀伤和口子，一条亚麻布裙子吊到膝盖以上，一截马缰绳捆在腰间当腰带，熟练地打了水手结。

在他的照相机前，她暧昧地噘着嘴，衬衫也充满挑逗地敞着，头像一个电影演员的样子歪向一侧。她的母亲在自家门廊的阴处，正给一只兔子剥皮，嘴里冲他大声嚷着。

"别再看我女儿了，明白没有？"她用西班牙语说。

那刀子，娴熟地从兔子脖子一路划到兔子裆部。她将去皮的兔子倒挂在晒衣绳上。父亲点点头，将帽子扣到头上，继续向前赶路，在一条满是淤泥的灌溉渠边，刮了刮胡子。次日早晨，女孩出来的时候，他又招手把她叫过来。她在相机前搔首弄姿，将胳膊放到脑后，也不管那乍现的腋毛了。

父亲在灌溉渠边扎营。那周的晚些时候，女孩编了个美丽的谎言，说我父亲是约翰·赖利的亲戚。赖利是爱尔兰人，墨西哥战争期间担任圣帕特里克营的总指挥。于是父亲被奉为革命英雄的化身，尽管他从来没有听过赖利其人。他在白色 T 恤上打了个红色的领结，上女孩的家门。女孩的母亲系着条簇新的围裙，在门口迎接他，将手里的面粉擦掉，一条前臂挡在胸前，另外一条手臂挥着叫他进去。老头子坐在主人座的次席，一块新绣的餐巾，摆在他的餐具边。一只煮熟的兔子放到桌子中间时，泥坯屋里爆发出一阵爽朗的笑声。那位母亲在兔子肚子上插了一把刀，刀子连续抖动了几下。新鲜的玉米饼摆在了他面前，还有大量的豆子。酒是对着黑色的瓦罐口直接喝的。大家轮着唱歌，然后说出更多的谎言来。父亲用生硬的西班牙语向那位母亲表示，赖利是几代人之前，生在他自家的屋子里，一位擅长从花里采魔药的神秘的太祖母，用捣碎的蒲公英助产，让生产过程顺顺利利。

这家人允许他住在屋子附近一个小小棚子里，可以从屋顶的洞看到星星，那洞是一个倒立的苹果模样。他还记得月亮升起时，光先照在下面的苹果茎上，接着慢慢将整个苹果填满。这光慢慢地一路上来，感觉像在削整个苹果。他有张木桌子，还有个垫子，里面塞满兔子皮。可是他还是往沙漠里走。一个星期，他逛向北边，过了河去得克萨斯寻找胶卷——很长一段路，一直走到斯多科顿货站，然后接着走，或是搭顺风车。回来的时候，女孩无所顾忌地站到他镜头前，厚厚的鲜红的唇，高高的颧骨，小小的扁平而上翘的鼻子，各样鲜艳的衣服穿在身上。

她这么摆弄，其意非为拍照，而是要给他看。她从来不向他要冲印的相片。她这么搔首弄姿，都不是为着虚荣。

清早，她会站到屋子外，迎向外头的天气。墨西哥的天空上，云匆匆飘过，现出各样的图形来。风从无数方向吹着，带来各样的气味、声音、风雨、灰尘。风有千万种，她给它赋予了各样的特性。十一岁那年，她给风添加了色彩。红色的风带来沙漠的灰尘；褐色的风来自河边；灰色的风带来牧豆的气息；有年夏天，还有一场古怪的绿风，带来了成片蝗虫。那时候，她最喜欢的是黑风，一种无所作为的风，根本不存在，是她在小镇整个变黑、空气酷热凝滞之时想到的风。她总以为风会给她招个男人来——或许这便是她爱上我父亲的原因吧，我也不知道。她叫他"mi cielo"，意思是"我的天"，这时一阵懒洋洋的黑风吹了过去。

或许夜间的时候，她会去父亲的棚子，暂时把天气忘了，衬衫全部敞开着，在烛光下，她的头向后仰着，那眼睛下的伤疤看不见了，月光削着那个天窗的"苹果"。我不知道，我一直没有搞清楚这都是怎么回事，总之一年后，他们结婚了。她那时候是十八岁，他二十七岁。那一年战争结束了，胖脸的领导人们俯下身子，在桌子上签下一个不安宁的和平。在一阵蘑菇云的阴影中，一架飞机从日本西端悠悠飞走——可是他们那时候根本不知道世界上发生了什么。几个月后，得知婚礼当日，在一个名叫长崎的城里，有穿着橙色僧袍软底布鞋的和尚被活活烧死，他们脸色顿时一片惨白。

婚礼那日的早晨，二十多只兔子挂在晒衣绳上，就如同一排暗红色的肺，围在晒衣绳的桩之间，等着在宴会上被人吃掉。教堂里照的照片上，两人都在微笑。他的头发上了油，可是额前的一束头发，不羁地垂在他的眉梢。她的脚指向两边，从婚纱下露出来。婚纱是白色亚麻布料子，边上钩着花朵。她头发可能会散乱的地方，都用线或带子扎着，婚纱紧紧包住前臂，肩膀处膨胀起来，手上戴着连指的花边手套，手放在臀边，仿佛在等着什么奇妙的事情发生，等着一种新的风吹过来。一群男人围在他们的周围，局促不安地穿着正装或是肘部磨光的夹克。一个女人伸手到丈夫的脸侧，像是要把他耳朵上的剃须肥皂泡沫弄掉，或是把他的头发顺到后面。迎亲队伍长长的，从教堂一直延伸到家里，我的父亲母亲在前面，有人在拉手风琴，还有吹号的，弹吉他的，孩子们在捡抛到车队后的硬币，有头驴子留下了一路的驴粪。小女孩在边上走着，甩动着裙子的下摆，有人从窗户处大声唱歌。婚礼那天，吹的是红色的风，小小的沙漠尘土把她的光脚踝硌痛。他们还声称听到了远处有土狼在歌唱。那豪迈异常的嚎叫，刺破了天空。那一夜，大家可没少跳舞、打架、做爱、酗酒，人们穿着汗淋淋的白色开领衬衫，踢着干燥的土地，踢着土地那褐色的皮肤。多年之后，那土地的炎热也曾将我淹没。

他从河边回来吃中饭，可还是一点没吃。我告诉他，这样下去，人会渐渐垮掉的。

"得，你这想法倒不错。"他说。

他走到玄武石的火坑处去烧垃圾，拿了一只斯帕尔袋子，里面装满了面包屑和茶包，满满堆到袋子口。他说这是两个星期的垃圾。他走路的时候弓着腰，模样古怪，东倒西歪。风使劲吹着，他把领子竖起来，围住脖子。我出去帮他，可是他已经到了坑边，将袋子倒下去，面包屑往下落着，厚厚的褐色的面包块，直直地如矛一般跌落到下面的灰里。我从他后面过来。

"要不要我帮你一把？"

他转过身跟我说："你他妈怎么不穿个外套就跑出来了？你这不是要找死吗？"

我低下身，拿起坑边的红色油桶，将盖子旋开。可是他给拿了过去。"这阵子我自己来还行。"他将汽油洒在垃圾上，拿出一个旧的军队芝宝打火机，蹲下身，将一根长草的顶端点着，伸出去，火噌地就上来了，火苗向上，吞没着，接着渐渐熄灭。

"去吧，我好得很。"他说。他看着火苗，仿佛会在那里，带着一种无边的忍耐，站上几天。

让他发火也没什么好处，所以我晃回屋子里，将水壶烧上，从客厅里看着。客厅里他也生起火来了。妈在墨西哥的照片还在，可是看起来就像很疲惫似的。大量的照片，散落在屋子里。过去墙上的粉刷，现在也褪色了。

我拖了把椅子到窗前，将胳膊支在高高的椅子扶手上，看着外头院落里的他。烧完了垃圾,他转身从坑边回来,可是整个身子还弓着,斜着往后走,好像是向大地致敬。他沿着狭小的泥径拖着步子回来了,停下来,抓抓头,然后在右脸上奇怪地摸一摸,仿佛要摸出些血色。然后走到了独轮推车边,抓起手柄,将其抬起,往前推了几英尺,仿佛这东西是某个狂欢节上空的飞椅,可是独轮车栽到地中间的一个坑里,砸出几个火花,停住了。他咂巴着嘴唇,从嘴角吐出一团唾液来。他将眼镜摘下了,看了看手表,上了上弹簧,向屋子这边看了过来。我向他挥挥手。他没有反应,虽然他已经戴上了眼镜。或许窗户反光吧,可是我肯定他看不到我——很可能是他的视力也衰弱了。到了这个岁数,身体就跟雨水似的急坠而下,相互碰撞着,汇到一起。

他的嘴巴向下抿着,看上去更像九十岁而不是七十岁的模样。

他停下一会儿,点了支烟——毕竟不是我在找死呢。在客厅里,虽有煤球的气息,里面还是一股发霉、阴冷的气味,香烟的气味都已经陷进了木头里。我将所有的烟灰缸拿到垃圾桶倒空,用抹布擦净,擦得乌黑发亮。或许这样能让他看到自己抽得太多了——过去一支烟他只是长吸上几口,熄灭,可是现在,他都抽到烟屁股为止,过滤嘴都给烧黑了。我知道,这烟也会不知不觉把他带走,就如同在一阵上升气流中飞升的灰烬。我也听说,抽烟抽死,是会比猛然戒断难受的。离开爱尔兰后不久,我在伦敦贝德福德街一家廉价旅馆里,遇到了一个阿尔及利亚人。那人为了戒可卡因,在隔壁房间里装了一飞镖靶当消遣。可是一天下午,他把飞镖卖掉,换了一排可卡因,甚至花了十便士如厕费,进到维多利亚车站的公共厕所里吸。此后，他什么都没了，只好把自己关在屋里，我能听到他在抓墙，求人给他一排可卡因、一支香烟。

伦敦的那些日子，漫长而灰暗。那年我十八岁，刚刚离开家。在一个火车站，穿着直筒裤、发白的蓝衬衫，我想着我的爱尔兰和墨西哥双重血统。我想在鼻子上穿孔，装上一银色鼻钉，以彰显男子气息，可惜未能成功，血在鼻子周围迸发出来，其状如花。一个老太太把我带到洗手间，在脸上有血流过的地方，敷上滴露，说："小子，干啥把脸割成这鬼样子啊？"那时候我感觉她就像我妈，小心翼翼地用棉球在我鼻子周围蘸着。我受伤一般在伦敦游荡，在一些建筑工地做事，大家管我叫"爱尔兰佬"。大量的爱尔兰佬，戴着编织帽，系着工地皮带，在脚手架四周移动。我在城里搬进搬出，四处打游击，四处游走，可疑的肤色——黑色，而颧骨处却有一片雀斑。内心有个童稚的声音在问："你他妈究竟是谁？"在查令十字街，我看着去墨西哥的旅游指南，想着妈妈可能会从书页里跳出来，向我显现，或许围着毛织布围巾，或许站在晒衣绳下，单薄的身子仿佛在抖动，渐渐向着奇瓦瓦沙漠淡去。在这些书店里，书散发着文字的墨香，带来生活在远方的承诺，我盘腿坐在地上，脚步从我身边绕过，店员在收银台上瞪着我——我决定去妈妈的国家，找到她，让她为我再一次存在。

现在我想，老头子是否还记得她。或许什么也记不得了。或许沉默已经治愈了他的记忆。或许，年迈的诅咒，会带来绝对的虚空。

厨房里的水壶，发出尖锐的哨音。我出去告诉他茶好了，他的背对着我——"茶要冷了！"——可是他根本没有听到我的话，他的影子从手推车上退去，长长地横过整个院子，在牛棚的铝墙面上翻折上去。他拖着步子，走到边门，弯下腰，开始给猫喂点什么。猫如中邪了般，在他脚边跑来跑去。他不时伸出手，抓住猫尾巴，点上一支烟，吧嗒吧嗒吸起来。鼠灰色的云里，落下毛毛细雨，飘落在他身上。

我走到他身后，碰了碰他的肩膀。他仿佛已经忘了我还在，被我这一拍惊住了，猛一转身，烟从嘴上掉下去。

"茶好了。"我说。

"你把我魂都给吓丢了。"

"我在找饼干，可是没找到。"

"有一阵子没买饼干了。"

"我明天去买。"

"也好，"他说，"听上去挺划得来的。"

他低下身子，想把香烟捡起来，可是手指够不着。我伸手过去，可是他的靴子踏了上去，将其碾碎，踩进土里。

"还得买点烟，康纳。"

"不要吧。"

"你别跟我来这个，少来这一套。"

"怎么说？"

"我就好这一口鬼烟了。"他说。

我们沉默了一会儿。然后他开始搓手："天，你现在就跟麦卡锡太太似的。"

我把手伸到口袋里，感觉凉风吹进我的身体里面。"好了，来吧，待会儿茶凉得都能在上面跳舞了。"

"等等，"他说，抓住猫的尾巴，"还没见过这杂种这么饿呢。"

小镇很瘦。猫和狗都骨瘦如柴。驴子露出一排褐色的胸骨，挤进古老的小径。在灰蒙蒙的街道上，有衣服从两边窗户垂下来，就如同在晒着太阳睡懒觉——这些衣服稀松而破旧，胳膊处有些磨破，膝盖处露出了大洞，或是质料稀疏。就连热浪之中御风而行的老鹰都很瘦弱。它们在空中盘旋着，翅膀有一搭没一搭地在热浪中扇动着，看着枯槁的地面，就好像带有猩红鹰喙、模样滑稽的黑风筝。小男孩们在用弹弓打老鹰，好让它们一直在天上飞着，最终筋疲力尽。可是它们接着飞走了，一代过去，一代又来，不变的是那精瘦。

一个混血儿神父，长着一张罂粟种子般的脸，每周星期天傍晚来这里做一堂弥撒。他骑着自行车穿过小镇，从一座教堂赶到另一座教堂，耳朵里装满了忏悔的声音。他自行车骑过的地方，宿醉未醒、穿着无袖衬衫的人纷纷退让。出于恭敬，酒吧老式自动点唱机里的音乐也低了下去。父亲给神父拍过一张照片，照片上的他跳过了一条排污沟，那黑色的袍子高高飘起，露出了黑黑的腿，瘦瘦的脚踝，他在那条满是尿液的河流上方轻巧地迈过，嘴唇鼓着，鼻子皱缩着。神职人员身上的某些东西，让父亲总是不由自主地去暴露凄惨可怜。他很喜欢的一张照片里，助侍喝多了弥撒用的葡萄酒，头发竖着，那助侍服前面有红色葡萄酒滴下来的印迹。可是有一回天刚亮，外婆准备去教堂的时候，他想偷拍，结果闯祸了。外婆只穿着内衣，束着不知是哪个世纪的胸衣，上面带子横一道竖一道，绑得像锯齿一般，那胸脯挤在里头，样子像香肠肉卷，颜色像古铜。她偷偷溜到门廊上，去拿她晒在外面的礼拜裙子。"猪猡！"她冲父亲吼道，"回猪圈去吧你！"她是个身材很小的女子，四英尺高，声音却大得能把人祖宗八代的鬼魂给召回来。这声音从她那硕大的胸腔下长啸而出。"回去吃猪食去吧。"她向他扔了个瓶子，差点砸中他的照相机。后来，她一路走去做弥撒的时候，父亲想跟她道歉，脱了帽，在她边上跑着，可是她冲他前面地上啐了一口，将自己头上的帽子斜了斜。"猪猡！"

四个星期后，她才答应跟他讲话——不过前提是他发誓一辈子要去做弥撒，每个星期天都去，一点迟疑都不能有。她是靠信仰和念珠支撑着过日子的。听父亲在承诺的时候，我妈在厨房里咯咯笑。那时候她才十九岁，还动不动就咯咯笑。打那以后，她就叫他"Obispo Michael"，意思是"迈克尔主教"，还给了他一件修道士肩胛，好提醒他不要食言。他用一种大不敬的方式穿着，进了屋子，就把衬衫脱了，那肩胛在那一簇簇小小炮塔样的黑色胸毛上晃来晃去。不过他被迫每个星期天都去做弥撒，沿着街道，过了桌球室，跨过从江边引水来的水渠。他还不能缩在教堂后头，每次都被外婆拉到头一排。他的脱胎换骨，外婆看在眼里，喜在心上，她把自己最心爱的念珠都给了他。这是两个黑色的珠子，每次从口袋里找零钱的时候拿出来，他都觉得很难为情。它们是用黑曜石制成的，闪着独特的光芒。

外婆和他们俩住在镇郊的土坯屋里。她的丈夫十年前就死了，在一场恶斗后，被人割了喉，丢到了一只旧油桶里。外公平日喜欢剥兔子皮，这个爱好被外婆继承了下来——那刀子使起来，就仿佛在给外公的惨死报仇。每次镇上有婴儿出生，她都给新生儿父母送上一只她用坛子装的兔脚。这是吉祥物，据传对祛除霍乱大有功效。只有一个男孩没得着兔脚——这男孩的父亲据说就是杀害外公的人，只是查无实据而已——次年夏天，这孩子得腹泻和肌痉挛而死。这以后人们看外婆的时候，眼光里就更有了一种敬畏和怀疑。此后，镇上任何女子，一怀孕了就匆匆跑来看她，带上礼物，拐弯抹角地跟她索要吉祥物。

后来没有兔子杀了，外婆就坐在前面的门廊里，将刀子在空中前后挥动，无休无止地挥动，身子和刀子一起动。觅食的秃鹰，在上空一圈圈盘旋。

一天早晨，外婆出去散步，朝一棵牧豆树边的棉尾兔扔了块石头，砸中它的头，兔子一时晕了过去。外婆一跛一跛地拄着一根拐杖走过去，要将它结果掉，可是踩进了一个坑洞，把腿给摔断了。"这畜生，要是给我抓到就好了，"她跟医生说，"那我当场死掉都乐意。"让她最为光火的是，棉尾兔后来喂了那些黑鸟。它们飞快地俯冲下来，将死兔吃了个精光，皮都没有剩下。医生让她住院几个月，这中间有别的人带兔子来让她剥皮。她在身后支着枕头靠着，在周围摆了些装谷物的旧麻袋，好来装血和皮。床头的一张桌子上，瓜达卢普圣女像在盯着她。外婆剥完了皮，就把头靠在枕头上，向着小小的白色塑像低声念起一段奇怪的祷文来。她坚持戴着那顶大草帽，连躺在床上也不肯取下。

外婆想让妈学习如何剥兔子皮，掌握这门手艺，把传统传下去，可是母亲不感兴趣。

屋子的门廊上，挂着一些油漆罐做的花盆，天竺葵在里头盛开着。前门生锈的纱窗前，还挂有一副母牛的骷髅，装扮得五彩缤纷。屋顶上有一支风向标，不过从来不转，风再大，它也是永恒不动地指着东方。父亲爬上屋顶，想让它转动起来——妈要他去修，好让她观察风向——可是它还是一动不动。婚礼上，一个醉汉爬上了屋顶，在上头弹吉他，可是摔倒了，斜着扎到了这纺锤状风向标上，在胸口扎出个口子，留下一道难看的疤痕。醉汉老婆说，那伤后来一直就没好过，还能感到有风在伤口转来转去，还说我父亲——也因他是外国佬的缘故——应该做出些补偿。母亲在镇上酒吧外头看到这人，指着他的胸口说："今天风朝哪边吹啊，本尼托？"那人跷起腿，放了一个响屁，让周围蹲在地上的男人们乐不可支："我想是在往南吹吧。"她没多废话，转身走开了。那天晚上，她在那人的屋子外头放了一盘豆子——这个补偿够了，她说，别的补偿他也别指望。

走到镇上，当地那些小伙子还是冲她瞅个没完。或许他们觉得那个戴着褐色大帽子的家伙是个恶鬼吧，没准他们有朝一日醒来，他就跟来的时候一样，悄无声息地神秘消失了。

可是他们看到，她慢慢安定了下来，习惯了新的生活。她的头发长了。她开始在门廊种蔬菜——埋头耕作起来。这种活很粗很苦，穿着花裙子跪在地上，一些癞皮狗在篱笆周围乱扒。地上的土很硬，她的指甲下头都扒得有些开裂了。身体伏地这么苦干的间歇，为了解乏，她偶尔抓起一个大瓶子，喝上一口龙舌兰酒。扬起的灰尘，吹到她脸上的时候，她就向地里吐上一口。可是她还是一头乌发，楚楚动人。男人见了她，裤裆里还是一阵子燥热。他们坐在房子对面的门廊上，巴巴地等着她站起身歇息，让那阳光穿过她薄薄的裙子，露出圆圆的胸脯、长长的腿、弯弯的背，还有叉在臀部伸懒腰的手臂。有的人开始在深夜的时候，在门口台阶上放巧克力。为了防止融化，巧克力包在巨大的冰块中间。还有人送来酱汁鸡饭、鲜花，还有暧昧的手写纸条。她把巧克力和鸡饭吃了，花插在瓶子里，也不去查是哪个爱慕者送来的。她才懒得去管，不过她很开心就是。暗下里她也在琢磨是不是父亲半夜把这些礼物放门口的。

更让当地男子死心的是，她买了鸡。有一天，这些鸡装在木箱子里来了，六母一公。母亲用废木头，搭了座鸡舍。她以镇上的人名给鸡命名。"市长"是最肥的，鸡下巴最大的那只。这只鸡下的蛋很少。还有一些以穿越国境去得克萨斯采油架或牧场干活的工人来命名的。这伙人回来的时候，个个手里都攥满了钞票。"业余理发师"是一只古怪的鸡，头顶连个鸡冠都没有，那叫一个秃！"理发师老婆"是一只性情狂野的鸡，一有风吹草动，立刻就飞到空中。

还有一只怪鸡，早晨从来不叫。她给这鸡取名"何塞"，是根据镇上的那位何塞命名的。这位叫何塞的哥们有次在酒吧跟人打赌输了，嘴巴被人缝了起来。就是拆线之后，他也不说话了。他只是不发一声地行走在镇上，乌黑的头发用菜油抹着，齐刷刷梳到脑后，那嘴总是讥笑的模样，还有很多缝针的小疤痕，像胡椒粒一样散布在下嘴唇上。经过我父母的家门口时，何塞总是黑着脸,瞪着那只和他同名的鸡。一天早晨,大家发现鸡被掐死了,放在门口的台阶上,还有张西班牙语写的条子,上书:"现在咱开口叫了。"

母亲越来越爱这些鸡,就像外婆爱兔子。她把鸡分成两组,一组下蛋,一组卖,时不时还杀上一只做了吃。杀鸡的事归外婆管,她会熟练地将手指放在鸡脖子上端,将其拧断。妈观测天气,将下蛋的多寡和天气的起伏联系起来。风的颜色也与之大有关联。那懒懒的黑风总时有时无。褐色的风从河面吹来,带来的除了问题还是问题,毕竟河来自一个陌生的国度,一个捉摸不透的地方。

外婆嘲笑女儿这些迷信,心想她怎么不把褐风理解为本尼托和他的豆子。"你还是不是我女儿?"她们坐在门廊上,跟在地上啄食的鸡说话,鸡之间还常有肥皂剧般的好戏上演,尤其是它们去繁衍后代的时候。新来的公鸡名叫"迈克尔主教",是以父亲命名的。父亲有时候会从暗房出来,观看繁衍的大戏。他把手插在马甲里,快乐地前后晃着身子。"应该说,这个姿势不错。"他说。外婆怀疑地看着他,说了些赖利和干革命要真枪实弹之类的话——她希望早早抱孙子,可惜孙子是过了多年后才生的,生在另一个国家,就仿佛生在另一个宇宙。

母亲照料家禽的时候,父亲则忙于他的摄影。他借了辆卡车,又花了一周时间,跑了一趟圣安东尼奥,用剩余的钱买了器材。在屋子后头,他建了间暗房——他总说这间暗房是北半球最好的。墨西哥这地儿阳光酷烈,明晃晃的一片黄色覆盖大地,就这样,他还是做到了一道光都进不来。他装了两道门。第二道门里头上了门闩，以免冲印的时候，照片会被损坏。他自己浸在红色的光里。除了母亲，任何人不得入内。他还开玩笑似的在门上挂了一条他从垃圾堆捡来的贞洁带，上面有一牌子，用西班牙语写着："闲人莫入。"

有时候会有醉汉过来捶门。他们喜欢够着贞洁带，将空酒瓶塞在下面。瓶子碰撞在一起，就像一老式门铃，可是他很少来应门。这一干人等便在外头溜达，黑黑的胡子下面，嘴皮子上下吧嗒着。他们通常是来要钱的——任何来拍照的人，腰里没几个子儿可不行。父亲没什么钱给他们，不过他给他们在暗房门外装了一排吊床。这些人在外头懒洋洋游荡着，把宝贵的几支烟分着抽，猜测着他拍摄的这些照片都是什么名堂。他们听着母亲和外婆的声音飘过来，而那些鸡的大戏也在院子里上演着："迈克尔主教"一逮着机会就大干一番，遇到了"理发师老婆"就去追，就会欢快地叫上几声。现实当中的理发师老婆有兔唇，还颇有些体臭。

有个醉汉罗兰多，站在篱笆前，穿着双带鞋帮的拖鞋，在跟那帮鸡瞎起哄，还斜过身子，偷偷朝那只叫"市长"的鸡吐痰。父亲过来看好戏的时候，罗兰多就走开，偷偷溜到父亲身后，弹一下他的耳朵，扭一下他的鼻子，尤其是在"迈克尔主教"最忙的那天。弹了第一次后，罗兰多就盯着父亲的脸，又伸手去扯，去弹。可是这种拉扯有一天下午终于停止了。那一次，罗兰多醉得比以往都厉害，用一支点着的香烟去烫父亲前臂的一颗痣。父亲退缩了一下，然后用手肘——他说纯属意外——撞到了罗兰多的嘴巴。这么一击，本来也没什么事，无奈罗兰多牙口太差，这下子一折腾，他一吐，就有牙掉地上了。出于内疚，父亲将罗兰多扶起来，可是外婆在前头的门廊上气得暴跳如雷："畜生！""猪猡！""别去动罗兰多了！"罗兰多跌倒在地，把手指伸到嘴里。父亲把外婆给嘘走了，自己去散了个步好让脑子清醒过来，还给罗兰多买了瓶龙舌兰酒。他们两个一起满地找牙，其中一颗牙齿怎么也找不着了。在找的时候，罗兰多又用三支香烟，把父亲的痣给烧掉了，然后对着酒瓶大笑。

不过，在这片干燥的土地上，老头子的日子过得还是慢悠悠的——偶尔，在坑坑洼洼的路上，会有一辆小轿车或是小货车驶过，扬起一阵灰尘。这些车是开往加油站的，那里有一台老式美国油泵，由加油工手工给人加油。父亲做完事后，有时候会跟妈坐在前面街沿上，和其他男人吧唧吧唧地拿着瓶子喝酒，拍着蚊子，盯着过往的车子，寻思着它们要开往哪里。灰尘在他们周围纷纷落下。他们互相挽着肩膀，他会跟她讲别的地方。他们看着太阳沉下去，一个月接着一个月，一个季度接着一个季度。父亲在一个地方总也待不久，他寻思着接下来两人要去哪里。偶尔一两次，会有飞机出现，划过奇瓦瓦沙漠上空，这时候整个镇上的人，都如痴如醉地站在那里，仰头看着。可是最终，尘埃落定，一切归于寻常。庸常的白日变成庸常的夜。大家一起就这么坐着，拉着手，日子慢慢慵懒起来。就连看到一头驴子、一辆马车驶过，都会让他萌生去意。这去意在他心里鼓噪着，折腾着——过去便是这样折腾着他，兴许而今仍是这样。

再往下，过了谷仓，一只渡鸦没精打采地停在电报线上，老头子摸着猫,盯着鸟一看就是许久。我想着电线,想着几百亿个声音在乌鸦脚下流过,穿过那长而黑的身子、蓬乱的颈羽、空空的骨头、细长的韧带,一路到带有黑色、紫色光泽的楔形尾巴,各样的声音一直传到内核,传到心里。那些墨西哥城里人的声音,只需几秒就能穿过来,他们说着新开张的咖啡馆、里面巨大的酒架,说着米格尔剧院的大吊灯、售票人、废弃的影院、低低的土坯台子,还有让人不堪忍受的酷热。那股热劲,我到现在还记得。走在路上,那个热啊!在那殖民时期的宾馆房间里,屋顶的风扇如在舞动,其他声音在对我说话。我去找他们的房子时,已经看不到风向标了。妈不在,不仅是她,她的鬼魂、她的影像也没了,就连她的记忆都没了。父亲的名字,也只有寥寥几人还能记起。早晨的街道上,还有朝阳的一抹残红,如早晨的伤寒疹。我接着走,在树丛下,在阳光下,在一个充满好奇和疑惑的宇宙里,我体内仿佛有条电话线,声音嘈嘈切切。

镇上有个男孩,米格尔,是罗兰多的儿子,很喜欢画地图,我们家老头子从他手里买下这些地图,挂在屋子的墙上。它们是根据学校的地图册临摹的,不过他的版本颜色奇幻。米格尔把海洋画成品红色,山画成白色,河画成绿色,路画成紫色,有的河流如同一条红色的舌头,有时候他还在地图上抹上点土,好让地图上的乡下有些土色。如果你把鼻子贴近地图,还能闻到泥土的气息。城市是用小小金属片来代表的,如果你用指甲在上面刮,这些金属片都能把你的指尖给削掉。父亲将地图在几面墙上换来换去,从厨房换到客厅,然后又换回来,这样他感觉自己总在前往某个地方似的。那是一九五六年,他也三十六七了——如果身子动不了了,至少脑子还可以。有时候,他会拉住妈的手,在小屋子里带着她环游世界,一边走一边教她英语。不久她就有了爱尔兰口音,这口音和她自己悦耳的乡音相互融合。她把新认的单词,记在一本螺旋边笔记本上,心里在想不知什么时候能用得上。事实上,真的要远走他乡,她是有些畏惧的。她才二十几岁——比父亲小九岁,有时候这年龄差距就如同天堑——连小镇都没有离开过。即便她想走,一时半会儿也走不脱——外婆这一关是过不了的。

"你想走的话,除非太阳从西边升起,"她说,胸脯一起一伏,"就算太阳从西边升起了,没准你还得等上几天。"

贴上米格尔这些地图,说明父亲脚又痒了。他甚至要把这个年轻的天才请过来,在自己暗室的墙上画几幅地图,不过罗兰多不让儿子离开。有只鸡已经用"罗兰多"来命名——一开始他挺高兴,天天过来,从篱笆上斜过身子,那灰白的、歪歪的眉头向下弯着,嘴里说那只叫"市长"的鸡有多丑陋。不过后来,"市长"似乎开始对"罗兰多"格外垂青,动不动就往"罗兰多"身上骑,往它身上踩。罗兰多也成了恶意玩笑的对象,尤其是在其他醉鬼之间。"今天你走路的样子怎么这么怪啊,罗兰多。""你瞧这羽毛飞的!""还能再下个蛋吗?"罗兰多于是再也不来了,即便母鸡后来被重新命名。小米格尔放学后偷偷溜到暗房来,坐着和父亲说话,不过他一直没把地图画完。他一直在想怎样才能让一团土悬浮在空中——可是土总是掉到化学药水桶边上。他后来用小小的木片搭了个架子,可土还是挂不住。有一天,米格尔过来时，发现贞洁带上夹了张纸条子："对不起，米格尔，歇业一段时间。"

老头子在城镇南部的一个小铜矿上找了份差事。他想拍矿上的照片，所以星期天早晨，和一卡车的男子一起离开了，穿着肮脏的马甲，戴着帽子。在几个男人的帮助下，他偷偷把照相机带到矿井里。一周结束的时候，他回到家，咳的都是红痰，马甲上全是灰尘。他的皮肤也成了铜色。他和妈妈把自己锁在暗室里，一起忙乎着。有时候他们会睡着，次日醒来时，门外总有一盘外婆放的、已经凉了的炖菜。这些工作让两个人都筋疲力尽。在化学药水里，那些痛苦的面孔开始有了生命，眼白如日冕，腮边满是尘灰。劳作累弯了他们的腰，他们还会弯着腰走向未来。他们靠在镐上，把铜灰吸到肺里。他们带着一种被人巧取豪夺后的愤怒，怒目而视，面容枯槁，嘴唇苍白，上面写满穷困。不过父亲也拍摄到他们在酒吧、在妓院的照片，甚至还捕捉到他们在家里、在破败的棚屋外和孩子们开开心心踢足球的镜头。矿工喜欢他。每次他下井大家都欢呼，所有人都给他搬偷运进来的器材。不过有天下午，他身上带着血回来了。矿里有个男孩死了，尸体搬走时，他拍了张照片，被工头发现了，两人打了起来，父亲输了。那男孩不过十来岁，也就是米格尔的年纪。父亲被对方用枪的长杆砸中，右边太阳穴附近留下了一道小疤，形若小船。他后来几次想回去，不过每次，那把枪的子弹就上了膛一触即发。

他回到家里，回到鸡中间，在院子周围走着，嘴里念念有词，就跟在撒种似的四处吐唾沫。"我×他娘的，都是玩那当兵搞革命的游戏害的。"妈出来了，手指在那疤痕上抚摸着，或许还亲吻了那地方。他们接着又退到暗房里，继续冲印照片。一盘子一盘子的炖菜堆在门外。

过了一段时间，他们卖了两部相机和三打鸡，买了一辆老破车，好去邻近的镇上卖鸡蛋。引擎呼哧呼哧响，老头子拳头砸在铁丝捆着的仪表盘上。车子顶上盖满了白头翁的鸟粪。这车子——一九二八年的A型车——让他可以再一次去远行了。他们开始攒钱，他们往外跑得越来越远。一开始不过几英里，然后逐渐增加，就跟波纹似的，他们开始跑到希门尼斯、德利西亚斯、奇瓦瓦，甚至南边的托雷翁。有一两回，他们还跑到了墨西哥城——去那里要开三天——买来了胶卷、纸张、冲印盘、定影液。我能想象到那些商店里的营业员，唇上留着小胡子，头发剃得短短的，穿着熨得整整齐齐的衬衫，袖子上打着系带，看见父亲从柜台上斜过身子来，不过是匆匆瞄上一眼。那时候父亲穿的衬衫上，有时候还有淡淡的鸡屎味。

在城里的那些晚上，他们一起庆祝——母亲告诉我，他们在咖啡馆和酒吧有过一段疯狂而愉快的时光，有手风琴、吉他、葡萄酒、白色桌布、侍应生，还有其他诸种能用一把钞票换来的东西。在墨西哥城的这几天晚上，是她记忆中一道绚丽的色彩——城市从火山中平地而起，交通繁忙，一排排红色黏土花盆，灰色围巾，贫困如一道道幽暗；穿着蓝衣的男子，从那些工厂里走出；褐色皮肤的小孩，赤裸着身子在棚屋外；士兵和警察，戴着帽子，大踏步走着；窄巷里一排排的妓女，穿着薄薄的衣裳，眼睛看着晚霞，看着匆匆而过的男子；那些双排纽扣的大衣、烂水果的气息、钢铁的味道——这一切交织在一起。南方的天空，现出鲜艳而又压抑的红色，富人的宅屋，带有淡蓝色的游泳池，集市上老女人油炸着蚂蚱。父亲给妈拍着照片，以明亮的路灯、匆匆掠过的云朵为背景，妈的目光稳稳地盯着照相机镜头，她的头发像马尾一样梳向脑后。在艺术宫前拍的一张照片上，我发现她手里还拿着花，手指间抓着白色的犬蔷薇。长途跋涉往回赶的时候，她坐在乘客座上，不时给老头子递可乐。牧豆气息的风，从敞开的窗户吹进来。

外婆用几只兔子换了几瓶酒，给了父亲母亲，希望他们喝了后给她造一个外孙出来。她带着古老的爱情观，天天早早上床，低声祈祷上帝让她女儿怀上。我的父母酒是喝了，母亲还有专用的杯子，是她几年前自己造出来的陶杯。可是有天晚上起了争执，母亲说父亲喝多了，父亲一怒之下，将杯子扔到浴室门上，摔了个稀巴烂。有一阵，他露宿在外，外婆见他不在，顿时歇斯底里起来。晚上冷得要命，空中万里无云，无遮无拦，什么热气都散了。有时候父亲真想一直走下去，走过干涸的河道、仙人掌，还有把水珠子滴滴难舍——收拢着的花儿。有一些植物，上百年才开一次花。父亲一直寻找着，但是没看到这样的花儿。有天晚上，他走得太远，迷路了，最后钻进一个洞里，生起火来。岩石遇热扩张，洞顶于是掉了一块石头下来，砸到他肩膀上。他就地取材用衬衫做了一个吊带，接着瞎转，依旧方向不辨。当地一个警察找到了他——镇上有些不利的传闻，于是大家已经组织起来，出来搜找他。

外婆人也走了。她当时正坐在门廊上，等着父亲回来。突然间吹来一阵强风，吹起了她的帽子，她就栽倒在地上了。当时她的拐杖插在门廊台阶的一道缝里,她被绊了一跤,脸朝下,磕到了一块尖石头上,额头一下子砸了个口,那口子跟她眼睛一般大小。据说有阵怪风从她尸身上吹过,打着古怪的旋子,拖着那顶兔尾巴帽子,绕着她的尸体转了一圈又一圈,仿佛是在祈祷,仿佛那飞扬的灰尘变成了一个念珠。

父亲在镇外找到了妈。她那时候也癫了,举着拳头向天挥个没完——她以为她把父亲也弄丢了。回家后,她照顾父亲的伤臂,然后穿上长长的丧服,悼念起外婆来。她躲进小屋,不出大门一步,听着教堂钟声,看着绿色木椅上的油漆掉皮,脑子里在回忆着种种事情。兔子,剥兔子的方法,孩提时膝盖伤了外婆在上面给敷好的神奇泥敷,搅拌布丁的样子,枕头四周绣的蓝色杜鹃花。母亲家族这边,有亲人过世守丧一年的习俗,妈守得一点都不打折扣。父亲则不同——他当然也喜欢老太婆,喜欢她的古怪,不过外婆在,他就像一只锚,被钉死在这片土地上,钉在这四平八稳的岁月、这雷打不动的日子里。现在只剩他和妈了,妈这边的家族再无牵挂,于是父亲建议去周游世界,去那些连名字都是她从电影院道听途说的异国他乡。母亲不听,把丧服往肩膀上提了提,不守丧到底,她就绝不去米格尔地图上的任何地方。

十八个月后,她才脱了丧服,换上颜色柔和的素裙子,然后才又穿上颜色艳丽的衣服,接着她又开始听风之言风之语了。

一九五六年早期,有人送来了一封很特别的信件。我父亲在邮局打开的时候,镇上一半人都围了过来。父亲的肩膀还没有完全复原,他用一只手的小拇指指甲,从信舌下刮过,小心地打开信封。是旧金山一份杂志发来的,向父亲许以重酬——至少按当时的标准算是重酬。发周薪，作品可署名，他会暴得大名。这都是他拿矿工照片投稿的结果——他向镇上的人保证，他出名了，镇上人也会跟着出名，他们的脸，他们粗壮的胳膊，会出现在加利福尼亚的报摊上。当天晚上，镇上给他办了一场晚会。大家拍他后背，跟他推杯换盏。镇上四处都有音乐响起，父亲则玩起了汤匙的游戏——大家在给他送别的硕大褐色帽子里丢硬币进去。罗兰多站起来，唱起《燕子之歌》，一曲离别之歌，唱的是人去楼空，屋子留给了一只迷途的燕子。母亲和其他妇女一起，站在人群边缘，看着，听着这歌。兴许她也在纳闷，为什么即将远行了，父亲却鲜有痛惜感，只是在那儿转啊，唱啊。她把手插进深深的裙子口袋里，一阵风吹了过来，没有特别的颜色，却一定是把她裹挟过去了。

罗兰多咧着没牙的嘴笑着——他把这一瘪嘴视为某种签名，他跟着父亲，跑前跑后。父亲给罗兰多拍了张照片，他的手指自豪地指着自己的嘴巴，另一只手攥紧着拳头，帽子歪戴在头上，满脸胡茬。

可是最伟大的还不是在铜矿拍的这些照片，也不是镇上这些人的照片。最伟大的，是妈身体的照片。父亲是在他们的卧室里拍的，妈妈赤身裸体，却不显下流，她的腹部平滑、幽暗，没有一丝皱纹，她的双腿轻柔地蜷曲着，白白的床单下，露出一绺绺的毛发。一些照片上还有蚊帐，人若隐若现，有种维多利亚时代的慵懒和欲望意味，仿佛照片是让人隔帘远窥。都是些黑白照，什么颜色都没有：手拖着腮，身子流畅而下，如若河床，在床单之间，在那欲望的峡谷里，欢腾跳跃着，偶尔还能看出一点闷骚味来，舌头伸出来舔在唇上，手指在发黑的乳头边打出V字状；还有一张是她在浴盆里的侧面像，她的手泡成了褐色，手指伸开着；还有一张朦胧些，她身穿内裤，在往身上套白色长裙，想把自己的胸部包裹进去，她抬起眉毛，做调皮状。我第一次看到这些照片时——很多年前了——发自肺腑地感到恶心。和那些西班牙女子的照片不同，我再也没在阁楼上看过妈的照片，也不觉得自己能进入这些照片当中。我知道这些照片对她的影响，并且无法了解她为什么让爸拍这些照片。

她似乎是飘逸自如地进入到他的镜头里，那身体充满宁静和冥想，来者不拒地迎着危险，任由父亲的镜头把她塑造为他心目中的任何人——从未有抗拒不从的意味。从这些照片能看出父亲对于她臀部右下方的一颗美人痣情有独钟。到如今，一想到当时的场景，我仍会不寒而栗：暗室外虫蛀的窗台下，成排的白色绣球花闭上了花瓣，暗室关着，把蚊子和偷窥的好色之徒挡在门外，暗室里廉价的伞，把光线反射过来，母亲仰头大笑，对着镜头舔着嘴唇，衣服胡乱堆在她的脚边。

他们离开镇上之前，嘴巴被人缝过的何塞，闯进了父亲的暗室，拿走了一些还没有冲印好的照片。他尖叫着，跑着——他终于又恢复了自己的声音，人们说——把母亲的照片像糖果纸一样，在政府楼的周围乱撒。有张照片是在楼台阶上找到的——戳在了一根系马桩上——有笑话说，这是新人来竞选镇长了。可是罂粟种子脸的神父很不高兴，镇上的女人也不高兴，酒鬼和桌球室的男人心里头欢喜得很，脸上却做不悦状。因此，我父母一大早就走了，那时候咖啡馆还没开门，那些粗俗的流言，也还没从白色百叶窗和厚墙之后流传出来。也没有什么可以留下的——几把木头椅子，两个发夹，红色的天竺葵，几桶冲印药水，还有几只在地上啄食的鸡。他们发动了车子，鸡毛从后座上飞起来。车子行进时，有灰土从脚踏板上抖落，而那鸟粪，依旧斑斓地布在车顶之上。

晚上吃饭的时候，有鸡蛋黄淌到他的下巴上。我特意没用"蛋黄在上"的方法，两面都煎，好方便他吃。里头的蛋黄还软，顺着他的胡茬流淌下来。他用袖子口擦了擦。他说自己的指尖有点麻，时不时还用食指掐一掐拇指，好恢复感觉。叉子拿在手里也总是往下滑，他花了好一番工夫，才把椅子推到后面，弯腰去捡叉子。叉子上沾了土和头发。"不是很饿。"他对我说，又把叉子放回盘子上，靠在鸡蛋边。他看着袖口上渐渐发干的蛋黄印子。"我回头给吸出来。"然后他瘪了瘪嘴角，露出了微笑。至少他的脑子还在，还在那皮囊里骨碌碌转着呢。他靠到椅子上，点着一支烟，烟雾升起来，升到天花板上。可是他的手指还在嘴边抖抖索索，依稀能看到各种各样的老人斑在移动。他静静地坐着，和过去一样，对我挤挤眼睛。他又把烟放在烟灰缸里，任由它一直烧到过滤嘴。

厨房就仿佛在福尔马林里泡过，在一个巨大的浴缸里浸了好多年一样。黑白两色的油毡和过去一样阴冷，铜锅还挂在同样的钉子上，甚至炉子上方墙上的一条条油烟印子都没变，跟妈最后生火做饭的时候一样。一个果酱瓶放在洗碗池上方的柜子里——还是六十年代的那种果酱瓶，前头有一丑八怪的画像——瓶子里头长满了霉。"我们开个博物馆怎么样?"他点点头,笑了笑。尽管我并不确信他听到了我的话。我在厨房里走了走。黑煎锅里头满是油污。面粉罐子。妈的毛织保温套,上面印着比例失调的树木,树枝比树干还要粗大,这绣像或许能让他想起她的世界,一个总是头重脚轻摇摇欲坠的世界。茶杯边缘上有各样的污迹。一两罐猫粮。食物储藏室里有一片面包和一盒茶叶。冰箱里有几块迈克尔斯顿奶酪。我将它们在架子上摆了摆,好让储藏室显得满一点,不过这也没用。怪不得他这么瘦呢,吃东西准是有一顿没一顿这么来。但他告诉我说,麦卡锡太太有时候给他送晚餐过来。

我开始清扫这地方,他则出去钓他的大马哈鱼了。"今天晚上,咱们就把这杂种给钓到。"他说。他把飞蝇钩放在水壶的蒸汽上吹了吹,把毛发和羽毛给重新吹起来,然后把竿子扛在肩膀上,走了出去。

从壁橱里拿出拖把的时候,我发现里头有蜘蛛住着。我把拖把拿到外面,在水龙头下冲,蜘蛛四散而走。细雨落在头上,感觉颇为怪异。我在洗水桶的时候,风把细雨从沼泽那边吹来。这沼泽的气息一直活在我的体内——刺鼻的黑土,被割草机划烂,只是我也能闻到工厂吐着其屠宰物的气息,在空气里留下内脏的气味,从大地上方吹过来。

工厂搬来后,父亲和我就不再凌晨去下河,逆着河流去游水了。一天早晨我们出去,在岸上瑟瑟发抖——我那时候十一岁——突然有被屠宰的牛内脏,杂杂碎碎地漂过来,从我们前面漂过,水里还有团团的血污,绳子状的韧带和肠子在水上打转。

它们一阵子一阵子地漂过来，如同河被截断的经脉。老头子瞪着这些，手指在身上划动着，然后厌恶地从河边走开了。妈拿了只桶，捞了一些，然后去了肉联厂，把这些东西倒在肉联厂地上。自此以后，我们再也不去游泳了。妈妈很早起来，自己一个人去河边，坐着，看着动物杂碎从面前流过。那时候她的头发已经发白，我在想，一定是不少苦毒在她体内发力了吧。

到如今，他们也开始清污治理了，我也没见到河面上有什么污秽了。不过由于闸门的缘故，河水缓了，成了可怜巴巴的小溪。

我看到几个穿蓝色制服的人从肉联厂回来。他们骑着自行车，一路下来，过了巷尾。我跑去拿来老头子一部带变焦功能的照相机，好看真切一点，可是一个人我都认不出来。他们磕磕碰碰往前骑着。还有几个小孩出来玩耍。他们的头时不时从篱笆后面露出来。四个男孩沿着我们的巷子下来，在板栗树下停下来捡板栗。他们一路走一路打闹，挥拳，但又没打中。从远处看，其中有个应该是米格尔的儿子——一头乱乱的黑发。我从窗口转回到厨房，放了些洗涤剂到桶里，用一根木勺的柄在里面搅拌着，开始清洗地板。此时的夜幕，在徐徐降下了。如果不这么给他清洗，他会在这污秽里游，在污秽里过余下的日子。拖把打着圈在地上拖着。让它在手里滑动吧。

四年前的那个夏日早晨，天气很热，我和米格尔在镇上走着，找他家的老屋子。我那时候十九岁，刚从伦敦来，很傻，但满怀希望。

米格尔的儿子——罗兰多的翻版,他就是以他的祖父命名的——抓着米格尔的手,抓得牢牢的,如有胶粘着般。小罗兰多穿着水手服,一手挖着鼻子。他对我们嘴里蹦出来的陌生话语感到害怕。我的西班牙语很烂,还是在伦敦的时候,从一本常用语手册里三三两两学了些,而米格尔的英文更是无可救药。我们慢慢沿着街道往下走,天气越来越热。我们穿过市场:猪的排骨肉挂在钩子上,在风中晃荡;工人穿着工装,上面飞溅着血液,仿佛他们自己刚被人屠宰一样;女人的脸如被晒干似的,在卖着香蕉、苹果,还有一大盒子一大盒子的蔬菜,周围苍蝇嗡嗡在飞,她们不为所动。我们又走出来,到了街上,看到喷着黑烟的卡车,而后又走过一间硕大的白色土坯屋,庭院里种着玫瑰。一个大屁股的女子,在给红白的天竺葵浇水。我们走过一间有玉米饼广告的咖啡馆,走过几间破烂的窝棚,有一条狗从垃圾桶间悄悄溜走。阳光毫不留情地抽打下来,我们沿着公园边上走过。公园的地晒得焦干,两个老头,在里面下着棋。孩子们骑着自行车在外头转,一个个衣衫褴褛,不过骑得倒是顺畅,没有露天的下水沟来阻碍。小镇已经面目全非,已非爸妈跟我讲的模样。广场的墨西哥国旗下,星条旗也在迎风招展。为了欢迎美国企业,镇上的一条大道都被重新命名了。

米格尔的脸肿胀着,如一枕头,枕在沉寂当中。他一定早就知道了——仿佛是要刻意跟我拖延似的——我家的屋子已经不在了,取而代之的是一间诊所。诊所的主人是个年轻人,来自意大利,斑斓的雀斑,彩虹一般布在他的脸上,耳边的头发乌黑发亮。他把我们的老宅,连同暗房,一起拆了,建了这间诊所,一间低低的、难以名状的白屋子，在这里给人义诊。我从门口往里看去，脚刮着石头。米格尔的额头上冒出了汗珠，他伸手抹了抹。

在过去有鸡啄食的地方，有一排瘦弱的孩子，在各自妈妈的带领下，等待着。意大利人在一个少女的腿周围裹着白色纱布，嘴里哼唱着什么小调，或许唱的是他故乡的远山吧。他看到了我身后背着硕大的背包。他的头一扬，示意我过去。"去吧，"米格尔抓着我的手说，"见见安东尼奥。"可是我不想见安东尼奥。我不想见任何人。小罗兰多扯着嗓子尖叫起来。米格尔抽了一下他的光腿，小罗兰多这才停了。我们沿着路走了回去，一路无话。

"她后来回来过没有？"到了他家后，我问。

"她没回。"米格尔加重语气说。

"肯定？"

"你问题太多了。"他说。

"很抱歉。"

"没事。你要不要喝杯卡比塔？她没回。"

他的妻子帕洛玛给我们倒了几杯朗姆酒和可口可乐。墙上挂着地图。走道上也到处贴着地图。一盏精美的玻璃大吊灯的光照着它们。米格尔的艺术水平提高了。现在他能用等高线作画了——在地质和测量图上，画出来自历史的眼睛，向外盯着。各种各样的墨西哥革命者，画在峡谷和低洼之间，一些小镇作为眼睛入画，小山丘变成了头发，河流成了手臂。他给我指出赖利，一个小小的人形，画在一悬谷的等高线间。他的头发靠在圣安娜的膝上，圣安娜则被丢在埃米利亚诺·萨帕塔的肩下。奇怪的是，米格尔根本不需要让线条扭曲——等高线还是保持原状，而人的脸在其间呈流动状。他靠这手艺还挣了不少钱，这些画卖向全国各地的画廊。有人还专聘他画萨利纳斯。米格尔正在创作此画。他说艺术归艺术，政见归政见，不过萨利纳斯的脸肿胀、抖动，似乎有只美国老鹰在他的肩膀上，而他的眼睛则是用电视机代表的。

饮料倒在刻花玻璃杯里，杯的边缘有金线。我坐着，啜饮着。热了一天，我们都给热垮了。帕洛玛端着杯子，小指向外，呈兰花指状。一只翡翠戒指在小指上，上下晃动着。说话的时候，她的手指在空中轻轻划过，就像是在爱抚着空气。她说话的那个样子，就仿佛是吸了氦气一样。

"你留下来不？"

他们说我可以去门廊的一张床上睡。门廊四周支着防蚊纱，俨然一户外的房间。床是老式的军床，床单非常干净，放在角落里，床边桌子上有一本《圣经》，边上还有银蜡烛台，里头点着蜡烛。

可我还是走了——我想自在一点——住进了老城区镇政府楼附近的一家宾馆。

宾馆的石墙仿佛得了关节炎。有些地方墙皮剥落了下来，掉到街面上。大厅地毯上有香烟的印子。隔壁的房间大声地放着肥皂剧。宾馆后面的天台上方，有一蓝色油毡布，里面兜着一汪水。油毡布上趴着一层蚊子，齐齐的如在同享圣餐。到了黄昏，蚊子进到我房间里来，房间里点着蚊香也无用。我用毛巾扑打着，在墙上留下点点印子，加入到以前房客留下的千千万万印子当中。连天花板都是斑斑点点，如一红点组成的拼图。早晨我起得晚，有清洁女工过来，穿着制服，臀部肥大。她看着墙上，数着那些新鲜的斑点。"你一晚上都在打蚊子，是吗？"① 她跟我说。一根肥肥的、褐色的手指在空中挥了挥，笑将起来。她走到我床边，揉了揉我的头发，手指在我脸上摸了摸，那一刻，我都以为她会上床，跟我睡一起。不过她只是用布在桶里浸了浸，把墙上的几处蚊子印给擦了，说她待会儿再过来铺床。我沿着走道，走到破烂的小便池边。小便池里的水一直冲个不停。我把我的大帕子弄湿，回到房间，把印子擦了擦。天还热着，但我还是倒头就睡了。

镇政府的墙上，到处都是红色的涂鸦。涂画之间，警察的身影如变色龙般时隐时现。有老年人坐在酒店外头，打着手势。巷子向外延伸着，回环交错，最后伸向新建的购物中心。我把帘子拉开，伸出头，感受到一阵轻风。有个年轻人坐在宾馆台阶上，膝上放着台便携式大收录机，里面传出轰隆隆的重金属音乐。音乐声中，有白头翁尖叫着，将鸟粪拉到下头的街上。我在背包里装着一把刀子以防万一。我听过不少关于墨西哥的传闻——外国人被抢，丢进监狱，肚子上被人捅刀子，被人干掉，丢到路边沟里，喂着在空中盘旋已久的饥饿兀鹰。我摩挲着刀锋，将刀插在腰带间，但想想还是放了回去，径直走向父母的故乡。

没有任何人来招惹我。或许是因为我从妈妈那儿遗传来的黑头发黑皮肤吧，不过想想又觉得不是。小镇上安安静静的，陌

---

① 原文是西班牙语，Te la pasate matando moscos anoche, verdad?

生人来来往往，太阳上山下山，灰尘飘起又落定。一个拉小提琴的人在广场上卖艺。广场上到处是红色花盆，还有五彩缤纷的垃圾。那音乐声单调刺耳，仿佛林中野兽的吼叫。我站在路边倾听时，一位年迈的老太和丈夫——穿着无领衬衫，模样衰而不残——走了过来，站在我边上。那男人拉过老太的手，挽在自己的臂弯，两人翩翩起舞。她的手有些羞怯地搭在他的袖口，可是当他们下到路沿，来到两辆卡车之间时，两人便一起大笑起来。他的步履缓慢，身子晃动时嘎吱作响。他鞋脚趾处的口子一张一合，褐色的、筛子一般薄的布后面，露出长了老茧的脚趾。他把头靠在老太肩膀上，微笑着，嘴里的假牙一上一下。她伸过头，嘴唇贴近他的胡茬，亲吻着他的耳朵，继续跳舞。我努力想象我父母过去一样跳舞的场景，可是怎么也想象不出。

拉小提琴的男孩，为我们把歌延长了些，乐声性感有力。我丢了一块钱钞票到他乐器盒子里，他轻轻点了点头。我走开的时候，那老者把帽子从膝前挥过，向我鞠躬敬礼，他的妻子则在笑着。

小镇比我想象的大。我在里头转了好几天，逛酒吧咖啡馆，挥金如土，龙舌兰酒要了一杯又一杯，努力幻想我四十年前在这里的模样，头顶阔边高毡帽，脚蹬皮靴。可事实上，我不过是在一个周围人说话我都听不懂的镇上，耳朵上嵌着金耳钉，脚上穿着红色道马丁鞋，头上反戴着棒球帽，身子醉醺醺地斜靠在吧台。几杯龙舌兰下了肚，酒兴阑珊时，我才领悟了爸妈给我讲的那些故事，那些无休无止的记忆之轮回。我坐在一张吧椅上，看着我随身带来的一本影集，让自己的思绪飞扬。在某个地方，有人唱起了《燕子之歌》。外头是系马桩，她的照片戳在了上面——不过镇政府边上，已经没有桩了。早些时候，我倒是看到铁丝网上，有一串百舌鸟，把一些蚱蜢穿在铁丝上。这些鸟中之屠夫行刑颇为利索，这些蚱蜢，等距离分布在铁丝上。一阵奇怪的风，从它们上面吹过，是妈妈所讲的那种带颜色的风。我站在那里，向着沙漠行注目礼。在更远处，应该是土狼歌唱的地方了。

我低着头，一瘸一拐向前走着，那陌生的西班牙语，如海妖卡吕普索之歌，在耳际萦回。她会不会突然出现呢？会不会顺着街道走过来？会有人从我脸上看到她的模样吗？空气中有食物的味道。我大口吸着，将其收入肺腑。萨尔萨辣汁。浓浓的萨尔萨气息。妈妈远走他乡，住到梅奥后，就在我们家厨房的炉子上，弯着腰，做着这萨尔萨汁。

闯进桌球室，我听到象牙色桌球乒乒乓乓的撞击声黯淡了下去，如同一曲拙劣赞美诗的最后几个音符的消逝。一个模样十分古老、嘴唇奇怪的人站在角落里，喝着可口可乐。我在想，这会不会就是嘴巴被人缝过的何塞呢？我想用西班牙语说点什么，他却放声狂笑起来，将球杆撑在自己胳肢窝下，当成拐杖使用。他打了个口哨，叫自己朋友过来，手指着我。球桌上方蓝烟缭绕。有人在吐唾沫。我转身走了出去，一个戴着红色棒球帽的人向我走过来，拿出一个空桌球托盘，仿佛是让我把自己眼球放进去，等他们来击似的。街上，有个男孩在卖着无用的铜片，还有模样奇怪的岩石。他在用一个铜秤称着。我买了个什么黑曜石，放在我宾馆房间的烟灰缸里，躺到床上，拉上帘子，把手枕到脑后，看着风扇在转着，不觉沉沉睡去。

醒来的时候，我酒还没醒，蚊子欣喜地围着我咬。

我的鞋小指附近的边上有些磨破了。在宾馆房间里，我把它用胶粘了起来。我长长地闻了一下那管胶水，深深吸进胸腔，想把自己吸高——感觉愚蠢而年轻——然后将胶水管扔了，洗了个冷水澡，蹲下来，让水浇在我背上，想着遥远的另外一条路上呼啸的消防车。

在镇图书馆，记录都用盒子装着，堆在一起。我看不懂，柜台后的女子也没有时间来帮忙。她模样文质彬彬，短头发，罩衫过大，小小的金边眼镜。我想约她出去，可是又把话给吞了下去。几天后，我在宾馆的休息室里看到了她。她坐在扶手椅里，吸着什么饮料，有一根大芹菜棒抵着她的上唇。她向我匆匆挥了挥手，转身走开了。我走过了休息室，我的帆布背包挎在肩上。外面热浪袭人。这时，一个普通人都会问的问题让我心忧起来：我在这儿干什么呢？

我接着走，一路上自言自语。

回到公园，两个老人仍在下棋。他们还记得我父母。"他可够疯的，"他们用西班牙语说，"大块头，疯狂得很，总带着相机。你妈也很疯，不过还不到他那地步。"他说爸妈走后，房子空了多年。里头没人住，一直等到那意大利人来开诊所。两个老人把棋子塞进口袋，跟我走到一块墓地。他们指向公墓南边一个木头十字架。我谢了他们。其中一个老人用食指和拇指夹住我的脸晃动着，把我的脸都快给夹痛了。"你还年轻，"他说，"很年轻。"他冲我挤挤眼睛,打开挂在脖子上的一个袋子,拿出一颗牙齿来。他像是在说,他把死人的嘴巴都带在胸前。我让他解释这话什么意思,可他只是摇摇头。我看着这两个人一路离开,他们陷在自己的日子里,下着他们的棋,一日复一日地过着。

外婆的十字架是白色的,很简单,立在上千个十字架边上。外婆名字的黑字已经褪色了。我跪了下来,向她介绍我自己。

"您好!我是康纳。太阳从西边升起了。"

宾馆床上有跳蚤,我被咬了一串包,如若红色珍珠,顺着我的腿而下。一天又一天,我拖着沉重的步子四处走着,胶把我的鞋子粘得紧紧的。我在一个被废弃的电影院待了一晚上,靠着墙,头上方贴着一张褪色的功夫片海报,再往上是黑色穹顶。我猜想电影胶片应该是锡盒装来的,在一个肮脏的大卡车背后运来,男孩子们喊着叫着等在周围,在热烈的阳光下显得神采飞扬,在空中手劈脚踢的。一个女人过来了,递给我一瓶水。她的手瘦骨嶙峋:"喝吧,你看样子口渴了。"① 她的眼睛明若荧光——她会有什么消息吗?我想跟她攀谈,不过她只是耸耸肩,见我这么费力在往外挤西班牙语,她也觉得好笑。

报时的钟声响起来了。一个在冰淇淋车里的人唱了起来。该走了。他就是这么唱的。该走了。我听得很真切:你该走了,这里没什么给你的东西。

我点着蚊香,又想在屋子里睡着。蚊香的烟袅袅上升到电扇处,蚊香的灰呈圆形,转到蚊香中心处。有乐声从街上响起。还

---

① 原文是西班牙语,Has de tener sed;toma。

是那个卖冰淇淋的人：你早就该走了。

我最后看了一眼，等着看到一张脸，从街角出现，灰白的头发，弯弯的眉毛，长有斑点的眼睛。可是我只看到那个拉小提琴的男孩，可是这一天，他的乐声似乎被人掐着，听来古怪，且几乎没有伴唱。琴盒里也只有很少几比索。我又丢了些钱进去，然后匆匆走开。他也只是耸了耸肩。一个星期五的早晨，米格尔和我一起到了车站，那日花园的温度计一路飙升，其状岌岌可危。

"祝你好运。"他说。

他轻轻握了握我的手。胳肢窝下，大滴汗珠滚落下来。汽车离开时，司机吹起了曲子，同样的曲子，一路吹到蒙特雷，仿佛是电唱机的唱针，卡在了他硕大的喉结里。我们换了司机，开始向南，向墨西哥城进发。过了一会儿，我坐到汽车中间，这里没感觉到车那么颠簸。车窗全开了，风穿堂而过。我们在黑暗中哐当哐当往前走，穿过沙漠，穿过风景壮观的大峡谷边的小镇，还有开阔的城郊——我在这里看到有马戏团在布帐，一个女孩骑着独轮车，羽毛在她头发上飘动，穿紧身背心的胸口波涛汹涌。我想把手伸向她，去摸她，看她是不是真的，可是车子仍轰隆隆向前开着。

在墨西哥城汽车站，我低着头行走——无数的凉鞋在移动着，整个地上如同蜘蛛网。我以前注意过他们，这些年轻的外国人，踏着塑料的泰瓦凉鞋，把"孤独星球"旅行手册抓在胸前，嫉妒地看着其他游客背着更大的包。我走进了墨西哥城。鳞次栉比的摩天大楼，烟雾，花岗岩灰色的天空，白色的鸽子在拱门下啄食。我云里雾里漫无目标地走着，还在等着妈妈从哪个角落里突然冒出来，向我挥手打招呼。去往旧金山的航班是在次日，不过我也知道这么满世界瞎找的想法愚蠢不堪。在一条拥挤的街上，我看到有张报纸被人踩在脚下，我突然想起这一天是我的生日，我二十岁的生日。我买了瓶龙舌兰酒，坐到机场角落里，偷偷啜饮起来。各样声音嘈杂纷繁。蜂鸣器，对讲机，机器。这时候我突然发现，父母亲常说的土狼的嚎叫我没听到多少，倒是更熟悉机场金属检测器的声音。

多年以后，到了美国，我听说纳瓦霍印第安人相信宇宙大爆炸的起源，是因土狼的歌唱。它们站在虚无的边缘，在时间之前，将尖嘴探向空中，嚎叫着，把世界从自己的脚下给叫了出来。印第安人叫它们歌犬。宇宙是由它们的嚎叫声雕刻出来的，它们的声音混入其他声音，是所有其他歌谣的起源。很久以前，爸爸妈妈给我讲墨西哥故事的时候，我相信这些故事都是真实的。现在，我想我还是相信。他们是我的歌犬——妈妈站在晒衣绳边，父亲逆流划着水。他们竭力要告诉我，他们曾经何等相爱，告诉我好日子是什么样，告诉我土狼真正存在。在他们婚礼的那一日，土狼在自己的天地里歌唱。或许真有其事吧。或许确实有一声长啸，从沙漠上方传来。可过去是一个充满能量和想象的地方。我们可以把记忆蒸馏。这个宇宙可以任由我们揉捏、填充，让每一个夸克都饱满如初，饱满到可以将其撑破。

让我们恐惧的，是现实的倦怠。那缓慢，那庸常，那日复一日的忙忙碌碌。就像我在墨西哥无休无止的闲逛一样。还有父亲这些日子里的钓鱼。那渔线在空中甩动，便甩出了他的歌犬之音。

老头子回到屋子的时候,我吃了一惊。"对不起,"我说,把拖把靠到门上,"我走神了。"他点点头,手指摸了摸头皮。看到地面他有些惊奇。新拖的地说不上光泽照人,但起码他的叉子再掉下去,不会那么脏了。"大鱼今儿个影子都没见一条。"他说,将外套挂在门后的钉上,袖子一侧还沾着一根草。他做着夸张的手势,将手向天花板一扬,打开了午餐盒子。我目瞪口呆地发现,盒子里有条小鳟鱼,可能只一磅重。毕竟,河里还有些鱼呢。我告诉他,肉联厂的农民把农药和粪便倒在河里,这鱼怕是不健康。可是他抬起头看着天花板。

"省省吧,"他对我说,"你和那些绿色分子真让人受不了。这他妈河流不晓得多清澈!"

他用厨房的长刀把鱼肚子剖开,将手指伸进去,将肠子拉出来,在自来水龙头下冲,要好好做一盘子鱼片。我跟他说我不吃,可是他说他无所谓,总之是要做的。他在煎锅里头做了起来,然后坐到桌子边,三口两口吃完,点着了一支烟。

"你这一天都干啥来着?"

"我不是说了嘛,我打扫地呢。"

"哦。"他站起来,把收音机扭开,但想想又给关了,靠在洗碗池边,把烟在自己茶杯壁上掐灭。"我的意思是,之后呢?打扫之后干吗了?"

"打扫就用了一整天。"

"挺滑的。"他说。他把穿了袜子的脚从凉鞋里伸出来,在地砖上滑了滑。"但愿我不要摔倒,把脖子给摔断。"

从厨房的窗口，我看着风，从巷子边高高的草丛间吹过，草叶弯了，仿佛在向河跪拜。

那只橙色的猫似乎对他喜欢得不得了——吃了他喂的鱼头后，将后背在他小腿肚子上蹭着。它是一只流浪猫，他说，另外一只猫死后一个月，这一只来了，走到他这里，开始喵喵叫。他不知怎么给它取名，就叫它猫了。将她从地上拎起来，开始用手从头到尾、用力地、重重地揉摸着，仿佛这能医好自己手指的颤抖。猫接着去找吃的，喵喵叫着走了。"猫啊，还没饱呢？"突然他的目光从猫身上抬起，眼睛眯缝起来，成为皱纹之间黑黑的一道，说，"这些日子，这些猫来的来，走的走，换得快得很。"

他拖着步子上了楼梯，脚下的楼梯板咯吱作响。我跟在他身后。"晚安了，你这地打扫得不错。"

"谢了。"

"明天天不错。"

"怎么讲？"

"晚上天空有红霞。"

"也不是太红。"

"啊，反正有点红就是了。"他说，将杯子在衬衫上擦拭着。

"明天我再清扫清扫。"

"看在耶稣分上，别扫了。"

"什么？"

"扫什么扫，就跟老太太似的。有点灰尘，也害不了谁。"

"我想是吧。"

"明天钓鱼最好了。"他说。

"好极了。"

"康纳?"他站在楼梯平台上说,"你什么时候去都柏林?"

"下周。现在就要赶我了?"

"问一问而已,"他愤怒地说,"你给我听着。"

"什么?"

"我想了解一下。"

"尽管问就是。"

"你怎么不写信?"

"哦,你知道我不喜欢写信的。"

"是,问的就是这个呢,我不知道你不喜欢写信。"

"哦,我写不好。"

他点点头,伸手扶住墙,在楼梯平台上走着:"我还以为你会写信过来呢。"

"对不起了。"

"是啊。"他说。

"我真是感觉对不起。"

"我信你。"他背对着我,咕哝着说。

晚上我找到根蚊香,在我的背包底,都断成了短短的小绿条了。墨西哥的那些蚊子在很热很热的空气中总是兴奋得发狂。它们等着。悬浮着。远离天花板风扇下的烟雾。那酷热,真让人受不了,不过我对它有点奇怪的喜欢。到了旧金山,让我受不了的反而是它的凉爽。机场的移民官员看着我护照上的墨西哥印章。"但愿你没得淋病。"他咧嘴一笑说,在我护照上盖了个居留六个月的章,然后手一挥,放我过去了。

星期四　渴求奇迹

爸爸的浪漫,是那种大老粗式的浪漫,可他还是把妈妈所有的裙子都保留了下来。它们全挂在十几个卫生球之间,五彩斑斓。今晨下楼前,我把头探进他的屋子,看见壁橱敞开着。裙边一直拖到地上,多年来这些裙子都没有滚过边,一直往下坠,一寸一寸往下长,后来短裙都盖住了她的小腿。一条阿德利塔旧裙的袖子伸了出来。有几件罩衫。一件礼服裙,一只袖子挂在衣架上。她的毛织布折得整整齐齐,放在卷起来的带子边。我看着老头子睡在床上,橙色的猫睡在他旁边的枕头上。他的帽子放在床头桌上,旁边是满满一瓶布什米尔斯酒。屋子里有些气味——这些天他老放臭屁。控制不了。昨天晚上还在厨房桌子边放了一个。

"哎呀呀!"他说,"肯定是什么地方蜘蛛在叫。"

可是我能看出,他自己也被这臭味弄得难堪——上楼去睡觉时他脸都红了。但好歹他还去睡觉。妈在这里时,晚上总会爬下床——她睡在楼梯平台末尾的那间房——有时去继续砌她的石头墙。她的黑眼圈越来越明显。

这是妈第一次看到墨西哥西北部。他们的 A 型车沿着狭窄的道路艰难前行，路往往开着开着就伸到了干河床。他们驶过了龟裂的泥地、长满野草的教堂，穿过广袤的草原——草原上不时能看到有农庄伫立着，周身粉刷成白色，衬着那连天芳草。上午的时候，在那绚丽的漫天红霞之下，小镇一个个活力四射，成群的候鸟在小镇之间飞过。有一次，一只白鹤似乎是在追随着他们，在空中呼啦啦地扇着翅膀，后来终于离开，找自己的伴侣去了。妈从汽车座椅上方向后看着——她想在到那北国之前，好好感受一下这大地的悸动。

一路平安，只是在索诺拉的土路上行驶时，先后有三只长耳野兔，被车轮咯噔一声碾过。妈想在路边把兔爪子砍下来——算是对外婆的献礼吧——可是老头子却被车零件的哗啦作响弄得心烦意乱，兀自恶狠狠地继续往前开。再说了，妈已经带了一罐兔爪子。他们向西进发时，她把六七只兔子脚装点到他的帽檐上。这些兔爪子绕在他头部四周，啪嗒啪嗒地敲着帽檐，其状荒唐。可父亲还是向妈的迷信屈服了，开车时把帽子戴上。在辽阔的大地上，他们为了油价，跟那些形容憔悴的加油站主人讨价还价。车子喷着烟雾，衣衫褴褛的孩子们盯着看。骑手们把马匹牵到沟里。骑马人有时候还携带着枪，父亲从他们身边经过时总是放慢车速，他的帽子总是引起一阵哄笑。他对很多地方都不耐烦，手指在方向盘上重重地拍打，额头皱纹里渗出一些汗珠子来。

多年以后，我们在梅奥开的沃克斯豪尔威瓦车后视镜根部，还挂着只墨西哥兔爪子，还有个圣克里斯托弗圣像牌。有时候那爪子会摆起来，动起来，敲打着挡风玻璃。妈看着它，仿佛它会帮她打破玻璃，让她重返故乡，重返当年的时光。妈和我独自在车里的时候,她会用厚厚的毛衣把自己裹上,给我讲述一九五六年美国之行的点点滴滴,说他们是如何把车子抛弃,最终再也未曾见过。

他们一直开到了离蒂华纳不远的沿海码头,这时突然有蒸汽从发动机里冒了出来。他们当时的样子一定很惹眼:老头子在打开的车前盖上挥着帽子,妈妈突起下唇向发梢吹着气,琢磨着接下来会是什么样的天气,要给这风赋予什么样的颜色。码头渐渐黑了,父亲想把车上那些软管粘到一起,但他们没有胶带。他爬到发动机下,用拳头敲打着 A 型车的底部。妈把裙子下摆撕了一条下来,想用这布条来绑绑试试。她后来告诉我,这是一条白色的下摆,不过是一英寸宽的棉布条。她记得这么真切,说明这细节一定在她脑子里定住了——这也是她记忆当中关于墨西哥的最后细节:她的脚搭在保险杠上,膝盖弯着,从衣服上撕下布条,想把带她离开家乡的车子修理好。

她在撕衣之时,一个发黑如鸦的陌生人晃荡过来——此人是一船长,其游艇在附近的码头停泊着,要做紧急修理。船长让他们免费登船,要带他们去旧金山。他的一些船员已经跑到蒂华纳的小巷,喝得差不多都要钻进龙舌兰的酒瓶里去了。一个个连影子都找不到。他说,父亲可以帮他调酒,妈可以当服务员。老头子从车子下面爬出来,和船长握手,一挥手把车子钥匙扔在码头边了。

接下来去美国的旅程,他们都一直在船上。穿着白衬衫的服务员送上插着小伞的饮料。爵士的音符在空中如同在疯狂交媾,阿尔·乔尔森的歌曲和比莉·郝乐黛的曲子搅和在一起。头一天晚上的晚餐是一只嘴巴大张着的猪头,猪嘴里衔着一只红苹果。父亲系着黑色领结,站在吧台后,头发光溜溜地梳到脑后,露出两处微秃。他调制着自己发明的鸡尾酒,夸张地在空中晃着。妈无法工作,一直晕船,跑到船舷边干呕。晚餐的时候,她一直待在自己的隔间里。灰色的风从海上向她吹来,船如梳子般在海浪之间穿行了一天半。偶尔有阳光洒下来,但大部分时间满天愁云。临近旧金山附近的港口时,妈用一把旧梳子梳了头发,穿上一件草莓色裙子,戴上阔檐帽,花枝招展地出来了。倚靠着栏杆时,船撞到码头,她的身子随之左右晃动,于是又吐将起来。

我父亲提着沉重的手提箱沿舷梯而下。"好日子,走走多好。"他跟妈说,人如潮水,从他们身边经过,"好日子,走走多好。"

那天下午,他们来到写信给父亲的那家杂志社。杂志社办公室在一幢又老又破败的房子里,靠近圣弗兰西斯布道团。老头子去见人了,妈则消失进了洗手间。她对着一面破碎的镜子梳头发。看到镜子的裂缝对她的脸所产生的效果,她一定感到惊奇。镜子里的她从眼睛到鼻子都裂开了,颧骨成了滑坡状,一只耳朵向上错位,如同在她头上方飘浮。也许她用棕色的手指抚摸着破裂处,伸手去抓那错位的耳朵,却见它再次飘走。她的身体已经不复属于她自己了,那船上的颠簸,仍在她体内闪现。也许她可以闻到眉毛发出的咸味,看到牙齿间似有无数海鸥,从粉色的甲板上闪现出来,向远方飞去。我可以想象,她的嘴嘟成了一个黑色的小圆形,贴向那失色的嘴唇。想象的波涛起伏着,将她的脸化作千万块碎片,如同一个万花筒,或是一百万个人把自己的脸借了一片给她,这些碎片分分合合——到了后来,已经不再是她自己，在那里对镜自视。也许有一只眼睛是绿色，一只是褐色，一只是天蓝色，一只是红色。水泼了上来，在裂缝间变成了很多水珠，那些水珠，同样映着破碎的镜像，成为镜子中的镜子。她把手伸向水池，撑在上面，那草莓色的裙子衬着陶瓷，她的胸脯起伏着——她感到有双手臂抱住了她。

"你没事吧？"

妈的脸再次闪现在镜子里，和身后一个女子的脸混杂在一起。那张脸既是褐色又是白色，既光净又长满麻点，既饱满又瘦弱。

茜茜·亨克尔嘴里叼着一支烟，烟在破镜子里被截成了五段。她扶妈在水池上方把腰弯下，液态的呕吐物溅到了她的手指上。"你赶紧全给吐了。"茜茜嘴里喷着烟说。她一身黑色，高领套头毛衣，黑曜石项链，带流苏的长裙，一头乌黑的头发，飘飘洒洒地搭在肩膀上。一双长长的手在水池上方扶着妈妈，一扶就是半个钟头。"你这脸比床单还白啊。"茜茜说。她洗了手，在妈的脸上抹了些胭脂。

妈什么也没说。她靠着水池，任由她抹着胭脂，凝视着镜子平静下来。茜茜指甲上的白纹，像音符一般，在妈脸庞周围跳动。"你跟谁一起？"茜茜问。妈妈把头扭向洗手间的门口。

外面，我父亲戴着帽子，跌坐在椅子上。杂志社告诉他，他们搞错了，是要他去纽约，他们已经写信到墨西哥了，但是信一定还没到。他们为铜矿的那些照片给了他一些现金，叫他坐长途车，横跨美国。

"你老婆在这里病得像条狗呢。"她们出了洗手间的时候，茜茜说。

"来吧,宝贝,"老头子说,对茜茜视而不见,"我们得赶路。"

茜茜有些惶惑,但还是把妈扶到了椅子前。她一只手扶着母亲的腰,另外一只手掏出一支烟点着,踢了下父亲伸出的脚,仿佛这是自然而然的动作。"对了,公子哥,我跟你说话呢,你女朋友刚把五脏六腑都给吐出来了。你倒是好,坐这里啥也不干。你他妈这叫什么男人?"

"我们要赶路。"他说。

"去哪里?"

"纽约。"他上气不接下气地说,好像喉咙里有各种各样的相机闪光灯在闪着。

"她就跟你那鬼帽子一样,不适合去纽约。她得去看医生啥的。休息一阵子。"

父亲点了点头,点着了一支香烟:"她只是有点晕船。"

"晕个屁船!咱现在的地儿没在晃吧?"茜茜坐了下来,身子向妈侧了过去,"你要是愿意,可以来我这里。没什么特别的。不过我多一张床。这位公子哥咱也欢迎。只要他不让你提行李箱就成。"

茜茜的公寓在多洛雷斯街一幢老房子里,离布道团不远。病态的白杜鹃花沿着锻铁栏杆一路开着。他们沿着楼梯而上,欢迎他们的是一路的涂鸦。公寓里头很脏。手提箱里塞满了衣服,四周是纸张、烟灰缸、瓶子、吃了一半的饼干、没了灯罩的灯。墙上贴着詹姆斯·迪恩的一张报纸照片,一头浓密的头发向后梳着，照片边上有三支蜡烛。茜茜向照片献上一个飞吻。他们让妈躺在床上的时候，妈还觉得天旋地转。

茜茜没有干净毛巾可用，于是拿了只白袜子，在水池里浸了浸，敷在妈额头上。茜茜穿着那黑色的高领毛衣，在床边待了将近两天，嘴里把香烟紧紧叼着，仿佛害怕烟会从她嘴里跳走，离开她。她瘦得像排骨，比妈大，约莫三十岁。为了保持清醒，她不停说话，在屋子里走来走去，拉开窗帘，指树给妈看，认云的形状，夜幕吞没一切形体时，她继续和妈聊着天。茜茜是个诗人，那天去杂志社是想要投稿。她写过一本书，卖了一百册。书小小的，米黄色，一翻开，书脊处就会裂开。书写的是有年夏天她在怀俄明州做火警警戒员的经历。她住在高塔里头，在等火灾的时候，在一令屠夫用纸上打出了这部书稿。那纸从打字机里源源不断地吐出来，在地上卷了又卷，她的身后有个收音机在吵闹着。她的书印刷之后，她继续在怀俄明州待了两年，试图卖书，可是只有一个叫戴尔哈特的护林员当回事，帮她兜售，把这些书放在他绿色小卡车座位下，在那些空咖啡盒之间。她爱上了戴尔哈特，和他在林子边的小木屋里同居，可是后来她离开了他，拎着一个手提箱来到旧金山，里面装满了米黄色的书。她在爵士乐俱乐部里朗诵她的诗。这里的男子一个个精神不振，沉迷于禅宗与安非他命，格子衬衫的纽扣上挂着小小佛像。他们在一身亮晶晶汗珠、皮肤黝黑的鼓手脚前鼓着掌。酒吧里香烟缭绕，如若神龛。茜茜的唯一待遇，是能从那红葡萄酒壶里灌上一口，所以她后来又换了个工作，去一个为亚洲男子开的滑稽表演俱乐部，当卖唱的服务员。戴尔哈特写信给她。信里总是给她寄来很多瓶盖，这些瓶盖她都放在詹姆斯·迪恩图片下面，钉成一排。戴尔哈特还给她寄来一片草叶，告诉她当戒指用，并引用了惠特曼的诗句："我相信，一片草叶，不亚于一次跋涉——星星的作品。"

妈低下头，在发烧之中，看到了茜茜手指上的草叶。草叶现在用胶带包裹着，向着腐朽跋涉着。

"你知道，"茜茜告诉她，"你们俩应该跟我回怀俄明去，反正也顺路。"

她踱到客厅里，父亲正趴在沙发上。父亲睡觉的时候，有咂嘴的习惯。"他好像在吃他做的梦呢，"茜茜回来后笑着对妈妈说，身子侧到妈妈上方，"怎样，要不要去怀俄明？"

"我想啊。"妈说。

但后来问我家老头子，他摇了摇头，看着公寓的窗口，说他们时间紧得要命。

"你为什么不肯等呢，迈克尔？"妈问，"等几天再走，行不？我也要点时间来复原。"

我可以想象他点了点头，把大衣裹紧，走出去找电话，打电话给纽约那家杂志社，说没有办法，得耽搁一下子。接下来的两天，他一到下午就离开公寓，而妈和茜茜则一直聊天。爸沿着水边散步，对着海湾吐烟圈，大衣领子竖着，虽然这时候已经到了夏天。雾喇叭在鸣咽着。金门大桥上方阴云密布，赫尔·戴维飞机从那上面俯冲过来。他手里抓着相机，从电车边上翩然而下。回到公寓，两个女人都在，套着黄色橡胶手套，笑着。房间里干干净净，皮箱打包完毕，角落里堆着一堆被遗忘的书。

他们乘坐公共汽车，横贯美国，那时很多地方还没有州际高速公路。道路漫长，黝黑，发亮，有时还有奶牛悠悠穿过，或是成群的羚羊，在柏油路上跑过，从围栏上方跃过。旅途当中，妈又恶心呕吐了。公共汽车每五十英里停一下，妈妈在车轮窝边上呕吐，茜茜扶着她。她把自己的外套披在妈妈的肩膀上，从自己的背包里拿出干面包，喂给妈妈吃，妈妈再次发烧的时候，她擦妈妈的额头。公共汽车行进缓慢。加州一直延伸到干燥的荒芜之地。内华达州山艾树和桧树巍然耸立，几匹野马整齐地穿过高地沙漠。快到爱达荷州的边界时，汽车几乎撞到了一个拇指上包着白色绷带的男孩。男孩在等着搭顺风车期间，在路边睡了过去。

"该死的，小子。"汽车司机说。他把车停下，叫醒那孩子。

男孩一头麦地一般短短的黄发。他原来是要去旧金山，茜茜于是给了他一张崭新的五美元钞票，还有两个地址。他用墨水笔将地址写在背包边上。几年后，到了六十年代——茜茜是这么告诉我的——她在一次聚会上又看到了这男孩，两人都嗨了。那时候，黄发更长一些了，男孩把五块钱钞票在药液里浸过，还给了她。接下来的三天，他们一起慢慢将这五块钱吃掉。两个月后，有人在加州南端的半月湾海滩，发现了男孩的尸体。茜茜觉得她生活的一个特异之处，是那些面孔，那些时刻，经常会回来，叫她无从释怀。我刚遇到她时，她跟我说她很吃惊，那次汽车旅行居然仍在她的体内没有停息，她遇到的所有人，看见的所有事，她都依然记得：男孩拇指上缠着的绷带，汽车发动机的声响，还有她抓在指间擦着妈妈额头的白布。

老头子坐在后面的座位上，新奇地看着美国从他眼前匆匆闪过。他的脸贴着窗口，手摸着相机。

到博伊西的时候，妈妈脱水脱得厉害，连茜茜的胭脂都无济于事了。他们订了个酒店房间，住了三十六个小时，让妈康复。茜茜将身子侧在床上方，说着戴尔哈特。他很粗野，棕黄色的胡子，眼睛清澈明亮。她对他的手记得尤其清楚——小船般的大手，指甲下脏脏的。她到了西部，看到太平洋后，仍常常想到这双手，有些夜晚，在她的想象之中，这双大手爱抚着她。她是在一次火灾后遇到他的。一天傍晚他来到她的瞭望塔，后来留下来过夜，跟她做爱，后来咳嗽起来，咳出带着烟的痰迹，留在枕头之上。

从博伊西他们开始搭车，找到了一辆小卡车，坐在后面，这以后母亲开始好转，风无遮无挡地吹在她身上，她的烧退了下去，肚子里不再乾坤挪移一般翻腾不息了。茜茜坐在她旁边，脚搭在挡板上，看着爱达荷州在眼前经过。"你们为什么不来跟我待两天呢？我下周才上塔去。"晚上，卡车沿着特顿边缘而走，沿着狭窄的小路，穿过枞树林，穿过红尾鹰在上方翱翔的关口。在严寒里，他们在毯子下面挤在一起。茜茜点燃了一支烟，手指在那草叶戒指上转来转去。

早晨的时候，戴尔哈特在杰克逊洞城外的一间咖啡馆和他们会面。这位护林员的脸上有个马蹄形的伤疤。他总在踢着想象中的石子。"我有话要跟你讲，茜茜。"他挥着手跟我父母告别，牵着茜茜的手，带她走进一间墙上装着麋鹿角的咖啡馆，点了咖啡。戴尔哈特告诉她，他遇到了一个尤特族印第安女人，他一直不敢在信里告诉她。这女子怀孕了。他说，他们可以领养这孩子，一起抚养。茜茜靠在椅子上，看着汗水从戴尔哈特的额头慢慢滑落到下巴。"她这算啥人哪？是该死的邮差吗？是他妈什么快马速递吗？""这话什么意思啊？"戴尔哈特问。她把他的咖啡，一滴不洒地浇在了他的绿衬衫上。"你他妈王八蛋，"茜茜说，"别靠近我。"戴尔哈特离开时，她搅着自己的咖啡，看着自己的手，仿佛这手已经不再属于她了。

那天下午，茜茜决定去山里看看自己的瞭望塔。她问另一个护林员借了辆卡车，要了几把钥匙。父亲当时在城郊的旅馆里睡觉，茜茜和妈沿着漫长、蜿蜒的土路，一起开着车。妈坐在她旁边，身子侧向她，安慰她。"我没事，"茜茜说，"我才懒得在乎。"风从打开的窗口呼呼吹进来，四周一片干燥，火势一触即发。

茜茜带了壶葡萄酒。她们开了五英里，来到瞭望塔前。上瞭望塔的时候，她一声不吭，眼睛发绿，眼神愣愣的。母亲拖着沉重的脚步，穿着淡黄色的裙子，跟在她后面，绕过缝隙间布满寒霜的巨石，沿着土路上山。路两边大树耸立，光从树缝透进来，使得小路看上去像一个小峡谷。她们向上走，走向了树林边缘，走过了残存的几处雪堆，一起停下来换气。这时茜茜突然大笑了起来。"我才不在乎他呢，他妈的也就一王八蛋。"茜茜吹着口哨，以吓唬随时可能会遇上的野兽。她们来到一片碎石边，茜茜停止吹口哨，她们不再感到威胁了。两个人小心翼翼地走在巨石间，向山顶进发。

这地方真是让妈妈大开眼界——山北面白雪皑皑，下面则是一片青翠，老鹰在热气流上方盘旋，方圆几里看不到尘土。

瞭望塔是个小小的灰色建筑物，坐落在山顶，如一只栖息的鸟儿，随时准备展翅翱翔。一根避雷针竖立在那儿，如同一根阳具插在空中。生锈的水槽边,有一只幼鹿腐烂的尸体。她们进去时,钟楼的门吱吱作响,空气中有一股浓浓的霉味。她们一起盘腿坐在地上,用破旧的毯子包裹着身子,传递那壶葡萄酒。天空万里无云,什么热量都没能挡住,她们冻得瑟瑟发抖。"我才懒得在乎呢,"茜茜又说,"我对他才懒得在乎呢,有时候人心隔肚皮,我们不过是为着自己,对他们凭空想象而已,我才无所谓呢。"

她扯着滑落到了脸上的长发,前后晃动着身子,将膝盖抵在胸口,眼睛看着一只蜘蛛,在用蛛丝缠一只落网的虫子。微微的寒风,从打开的门口吹进来,蜘蛛在风中轻轻晃动。茜茜站起身,关了门,手指向蜘蛛网挥了挥。"才没在乎过他呢。"酒喝了下去。后来,妈在睡觉,茜茜的身体摇摇晃晃,如一韵律,一个单一的韵律,从塔里溜出来,沿着散乱的岩石,到了下面的水槽边,走到边沿,醉醺醺,步子一歪一倒,磕着水槽的铁边。她浑身酒气,盯着下面的水,笑将起来。

她把水上面浮的一层幼虫扫开,脱下鞋子,把袜子整整齐齐摆在里面,双手撑在池子两侧,身子跃过槽沿,进到槽里,感受着那寒冷刺进她的腿、她的脊梁、她的手,水在边沿晃荡着,有一些水珠溅到了外面地上。她在水里移动,看着自己弄出的涟漪,然后将脚和肘部搭在槽沿,身子躺下,又笑了起来。"才懒得在乎呢!"她的眼睛看着夜空,看着群星闪耀,看着拂晓前那一轮模糊的月亮渐渐西沉。她感觉水把她的衣服往下拽,幼虫抚摸着她的头发,有萤火虫肚子上的光一闪一闪,她笑了。她坐在装满雨水的槽子里,等着冻死。

曙光在天空留下斑斑点点，妈妈醒了。换作平时，这应该是世上最平静祥和的一个早晨了。鸟儿懒洋洋地随着气流滑翔，昆虫在长长的草杆上忙碌，太阳渐渐变成了黄色，从瞭望塔后升了上来。妈走出塔，打了个哈欠，想醒醒酒。突然她看到了茜茜的身子，手臂和脚搭在水槽外，全都乌青了。"完了！"茜茜那张脸，就像是要印到弥撒卡上一样。她的嘴角似乎有一丝笑意。那一头黑发，衬着白皙的皮肤。幼虫已经飞了下来，爬满了她的小腿、大腿。妈把手伸到水槽里。水油乎乎的，拍打着水槽边。

在墨西哥，她曾捡过一只死鸟，让她惊奇的是，鸟的骨头很轻很轻。她把手伸到茜茜软弱无力的背后。你真轻，她想。妈把手伸到茜茜肩下，开始把茜茜往上拉。茜茜的脚仍无力地搭在水槽里，撑在槽边。妈又拉了一下。那双脚感觉僵硬，没有了生命，顺着地拖着。她把茜茜拖回塔里。脚趾间有个小口子。妈在塔里疯狂地四处找着。没有无线报话机。她把茜茜放到地上，将湿衣服脱掉，用毯子包住她冰冷的身子，把手放到毯子下，揉着她还有一点微弱心跳的胸口。妈带着愧疚感，拼命揉搓着。她脱下自己的衣服，盖着茜茜，又在茜茜脚上穿上袜子。"迈克尔！"呼唤爸爸的声音在山谷间回荡。什么动静都没有。"看在上帝的分上。"鹿尸的景象浮上了她的心头。她拿起茜茜的手，放进自己嘴巴里。她吸着手指，吸了好长时间，终于看到了一丝动静，看到茜茜的头向边上歪了歪。"加油！"她把手指全往嘴里塞，能塞多少是多少，让暖暖的口水从上面漫过，那些带着白痕的指甲——她孩提时候听说过，指甲上长了白痕，就能收到礼物。妈妈用舌头舔着茜茜手上的生命线，茜茜又动了一下。

妈的手伸向茜茜的胸口——我父亲跟她讲过爱尔兰大饥荒年间，一对夫妇在熄了火的壁炉边冻死了。女人的脚，男子的胸，冻到了一起。那男的将女人的脚放在怀里，用自己的衬衫包住给她取暖。那脚就像钉子一样钉到了男子的胸口。妈的嘴巴干了，她站了起来，拿起毯子，在茜茜全身擦着。"迈克尔！"茜茜的手指动了，慢慢地相互摩擦着，仿佛在数钱。妈倾身过去，对着她的耳朵说话。她突然发现瞭望塔十分灰闷，徒有四壁，不过把茜茜拖出去更不是办法，外头更冷，太阳还不够高。"加油！"她把茜茜的头抱在手里，可是那头耷拉下去，就仿佛断了一般。茜茜下巴上有粉刺的痕迹，还有细毛，就好像一根根松针。那嘴在麻点之间动了起来，妈又开始疯狂地用毯子揉搓起来。茜茜咕哝了点什么，妈俯下身来，在她额头上干吻了一下。

"你会没事的。"

保持她的体温。跟她说话，等太阳升高。看能不能找到些吃的。"迈克尔！"茜茜又动了一下，几乎笑了，细小的、疲倦的吞气声。

远方，在山下，传来微弱的呼喊声。妈扣紧茜茜穿着袜子的脚，揉着让她取暖。茜茜眼睛略略睁大的时候，一件怪事发生了——硕大的棕色蝴蝶群，从她们下方的树下飞了过来，队列整齐，如同一张巨大的暗褐色的纸，从林间穿过。成千上万只蝴蝶，快速飞出来，飞到树林间，接着又飞上来，它们的翅膀扑打着纤细的身体——如同一种奇迹——奇迹总是我们渴求的，她想。茜茜后来把它归结为大自然的变幻莫测——一定是树上的一只动物，某一种威胁，把蝴蝶给赶了出来，是一种自然现象。

半个钟头后,父亲和戴尔哈特沿着小径上来了,还带来了一壶葡萄酒。他很惊讶地看到妈妈赤裸着身子,在阳光下来回晃动。茜茜在她旁边,躺在毯子下,身上穿着妈的衣服。松树之间系了一根晾衣绳,茜茜的衣服挂在上面,在微风中来回摆动。"发生什么事了?"戴尔哈特问母亲。母亲狠狠瞪了他一眼,又转过去瞪着父亲。"出事了,迈克尔。出事了,迈克尔。"她的声音有些颤抖。

茜茜从毛毯下抬起头。"噢,是两位公子哥。"我家老头子坐到地上,把帽子取下来,放在茜茜边上。戴尔哈特一言不发,带着酒,走了,下了山。妈走到晾衣绳下,穿上茜茜的衣服。

"我不走了,"她跟父亲说,"我留在这里,直到她康复。你也别劝我改变主意。"

在斯帕尔小百货店里,老神父赫尔利没认出我来。他在买一包香烟,还在和柜台后面的女孩调情。"学习怎样了?"他问。他的眼睛闪闪发光。女孩看上去就像欧米拉家的孩子,脸上有一块块雀斑。赫尔利神父腰围处发了点福,把裤子撑了起来,挤压着黑衬衫上的纽扣。他心不在焉地晃了晃黑夹克的口袋,想找火柴。柜台的姑娘冲他笑了笑,从收银台边拿出一盒火柴。"不用付账了。神父,算店里送的。"神父笑着走了出去,径直从我身边走过,都没多看我一眼。他在柜台上留了五十便士,把姑娘给乐开了怀。她把钱装进口袋里,开始看自己的指甲,指甲上还残存着些红色指甲油。她把收音机声音调高,笑着对我说:"我喜欢这歌。"我得承认,这歌还不赖——我自己都想在洗衣粉之间跳碰碰舞了。买了五袋东西，三袋放车篮里，车龙头两边各挂了一袋。

这辆黑色罗利车骑起来很不舒服，车座位上弹簧都没了，脚踏踩上去有处踩空挡，每踩下去都咯噔一下，如同打嗝。上头挂着这些购物袋，沉沉的，保持平衡很不容易。我还擦到了一根电线杆，一袋子饼干蹦了出来，得下去捡起来。他最喜欢的金谷牌饼干。不过我想它们已经换了包装，在店里我都差点没看到。还给他买了包梅杰烟，不过这是我给他买的最后一包了。他这肺，简直都要拿出来在晾衣绳上晾晒，就好比外婆的兔子，在风中摆动。

沿着主街道下来，一些老农刚从酒吧出来，正倚靠在各自的车门上。统一党的选举海报散落在他们威灵顿靴子的四周。有个农民的脚咯吱咯吱踩着画像上一个政客的脸。共和党的海报，还都在灯柱上，俯视着小镇，可是别的那些都被什么人扯了下来。小镇和我们的厨房很像，没什么变化，还是老样子。一只黄褐色拉布拉多犬在录像店后面寻寻觅觅，鼻子在盒子之间嗅来嗅去。录像店里头，两个年轻女孩，穿着颜色鲜艳的衣裳，眼睛向上，出神地看着电视屏幕。继续向前，离开这里，我告诉自己。小镇厕所的红瓦墙一点都没有褪色。我走过的时候，那气味一点都没有变——和远处海洋的气息交杂，成了一种奇特的混杂。

几只昏昏欲睡的海鸥，从海面飞上来，在屋子上方飞过。

我沿着上面漂着巧克力纸的河，一直骑，经过两个女教友的老屋——我现在根本不知道是谁住在里面，不过屋子已经很破旧了，门口停着一辆残骸一般的车。几个学童在门口玩耍，扔着石子。他们聚到一起，开始用肘相互攻击。其中一人向我竖中指——这是这一带以前没有过的手势。听到我后面卡车的隆隆声，疯狂按喇叭的声音，突然间，车的风把我向外吸了过去，简直让我撞到了卡车上。

不过，出来转转真是不错，回家那三英里路上，我喉咙里一直哼唱着从店里听来的歌，那海越来越近，可是总也接触不了。

过去我们乱涂写的岩洞边，放了一只废弃的冰箱，洞后面有鸟做的窝。而今，圣母身上没人写什么了。很多年前，有人用鲜红的墨水，在圣母胸口上写了"曼联万岁"，大家之间还流传着些笑话，比如诺曼·维特萨特被抹大拉的玛丽亚来了个"头球"，布莱恩·罗布森给可怜的圣约瑟夫盖了"绿帽"，甚至从我主耶稣裆下传球过人了。那时候我们背对着洞口，拿着瓶子喝着，窝着手抽着烟，免得烟头的光亮被路人看到。有时候，林子里有人打架，我们会围成一圈，在边上给他们鼓劲。可是现在，岩洞静悄悄的，除了那只冰箱，四周也没什么垃圾了。我停了下来，向这硕大冰箱残骸里看去——有画眉的蛋放在一个铁架子上，靠近下面的蔬菜屉。后面的线圈四周，绕着些枝条。电线上有鸟屎。我坐了一会儿，可是路过的车子里，有人瞪着我看，我感觉有些怪异，于是再次骑上了车。有趣的是，空间感在这里很是不同。在怀俄明的时候，我可以下车，一走几里，一个人影都看不到，就只能看到几头牲口，在慢慢啃草，偶尔会有一匹马出现，打破山的沉寂。这样的土地向你渗透进来，你会爱上它，它开始在你的血液里起伏。可是在这里，这土地，这空间，都是封闭的。我不再感觉它是自己的了——就好比我跟老头子在一起的时候一样，我只是在他周围飘着，无法真正接触到他。

我已经习惯了车踏板的咯噔——这就好比跛脚的人学跳舞——我开始在数脚踩过的圈数。不过，在欧列瑞酒吧附近上坡的时候，踩得还是很累。我停下来去看欧列瑞太太，可是只有个年轻小伙，在全新的红木酒吧柜台后头，吸着一杯红色柠檬汁，很多红色豪华座位在屋子周围，已经不是妈妈过去来时的光景了。那些年，每天下午，妈妈会到这酒吧来，和欧列瑞太太说着她养的鸡和诸如此类的东西。调酒师告诉我，欧列瑞太太三年前在睡梦中过世了。我感觉五脏六腑往下一沉，匆匆喝了一杯掺水过多的哈普酒，为记忆中的欧列瑞干杯，然后骑上车接着往前踩。

回到家的时候，欧列瑞一直在脑海里萦回。我过去看到她在酒吧里，爱抚地抱着一把椅子在胸前，翩翩起舞，脚在啤酒印间滑动，头发甩向脑后，系着红色丝带——她是附近很少几个能让妈妈开怀大笑的人之一。

她们全都去了，我在想，这散漫不羁、蹦蹦跳跳的世界渐渐退去了。

客厅里，老头子还保留着妈妈的维克多牌唱机，不过好像已经失灵多年了。我想给摇起来，放点墨西哥流浪乐队的曲子，以纪念欧列瑞太太。可是他在躺椅上把头往后一仰，然后摇头说，不行。他站起身，走到厨房，由于痛苦，他的步子趔趄。他没有注意到前门口的购物袋子。他要做一碗速食汤，可是，把锅从灶上拿起时，那开水洒了些出来。锅掉到了洗碗池里，翻了过去，我听到水咕咕从下水口流走的声音。他向那锅瞪了好久，向它啐了一口,转过身,看到了我。

"我来做点汤吧。"我说。

他用手在嘴上抹了抹:"这他妈的水我还是能烧的,行不?"可是他也没去烧,而是回到了椅子上。他身上气味十分难闻。他这身体,简直成了一纸牌像,他自己就好像一根棍子,将这像拖着走。

我将锅烧起来——先得洗掉锅底的痰迹——将汤煮起来,还拿出一片面包,一点黄油。他点点头,呼啦啦喝着,然后又咳起来:"我自己做也行的,你知道。"他把汤喝完,把杯子放在地上,用手帕擦嘴巴——手帕打了结,成了一团,上面有斑斑点点的血迹。他把手帕揣进裤子口袋,把碗洗了。

我拿出那包梅杰烟,扔到他膝盖上。

"就这最后一包了。"我说。

"啊,你真了不起,康纳,万分感谢啦!"

"我听说欧列瑞太太不在了。"

"哦,她老早就翘辫子了。当然了,是灌威士忌灌的。"

"肯定的。"

"我想,这么走倒也不错。"他说。

"我想是吧。"

"带了四瓶酒下去。"

"带什么?"

"带了四瓶酒下葬。"

"不是开玩笑吧!"

"布什米尔斯酒,"他抿起嘴巴,"有天晚上,有人去了墓地,把那该死的棺材挖开了。"

"你不会是说真话吧?"

"是某个贪杯的浑球干的。"他说。

他举起拳头抹了抹嘴:"说起这个——那茶好了没?"

他又坐了下去,慢慢地,仪式一般,将那包烟的末端在掌心敲了敲,将塑料皮撕掉,把一支香烟倒了过来。"求个好运。"他说。我上楼冲了个澡,穿好衣服。下来问他要不要去欧列瑞酒吧喝一杯,可他似乎只是嘲笑了我一番:

"你跟个老东西出去有啥好玩的?"

我才懒得和他争。他这种自怨自艾我也受够了。离开前,我去炉火前,放了些煤球进去,用火棍捅了捅。他在炉面上放了些鱼浮钩将其晾干。他坐起来,说飞蝇钩就好比好女人,湿的时候可别收起来,然后开怀大笑,就好像世界上再没有比这更好玩的笑话似的。

我由着他坐在椅子上,又骑上自行车,骑到漆黑的夜里。

我从欧列瑞酒吧回来的时候,他已经瘫倒在椅子里了。他的裤子拉链大开着,手放在裆部。他的手帕塞在脖子后。看样子他是要自慰一番,后来又给忘了。在厨房里,我看得出他在池子里撒过尿——他都没给冲洗掉,里面还有两个碟子,其中一个上面还有斑斑点点的黄印子。真恶心。起码得把碟子拿出来吧。

看着他在打瞌睡。他抬起手,从眼睛上抹什么东西,或许是某种景象,某种梦境,某种荒唐。可是我无法想象他还能做梦。他都能梦见什么呢?或许是慢悠悠、催人入睡的什么东西,向着黑暗移动,像一支缓慢的华尔兹,舞着舞着直到被遗忘。或许是什么神秘的彩色片？谁知道呢？或许生活的离去一如它的到来——复原为一个世俗却又辉煌的氢原子，在内爆之中恢复本原，如同虚无的边际那歌犬的出现。真是昏聩之见。可能是我灌多了哈普酒吧。欧列瑞酒吧里都是陌生人，我一个都不认识，或许大家都移民走了吧。我坐在角落里，把几个杯托在桌子上翻来覆去。不过里头倒是有不少老人，嘴里假牙一上一下，手上尼古丁印呈椭圆形，黄黄的，如若黎明。

星期五　上帝啊，真是不错

醒得迟,感觉还很不适。全都是喝哈普酒喝的。穷人的佳酿。他看到了我,笑了笑,走到厨房,拿出威士忌。

"浇浇愁吧。"他说。

我灌了一口,然后又喝了几杯水。他从桌子前站起来,说他要去钓他的鱼了。可是他的好钩子不多了,因为他是从冰箱冷藏层最后面把鱼饵拿出来的——用个塑料盒装的放了很久的虾子什么的。他在深平底锅里烧了些水,然后把塑料盒子放在热水里,自己站在边上,吸着水汽,说水汽有助于他头脑清醒,又说我也该试试。他还时不时用手指把盒子往下按一按,浸下去,然后舔舔手指。手指一定被滚水烫了,可是他似乎也不怎么在乎。他猛一下把塑料盒子取出来,说没时间等虾子化冻了,然后在大衣口袋里装了些虾子。本来他气味就不好,再加上这些发霉的虾子,简直雪上加霜,我想。一旦虾子在他口袋里融化了,还不知道要臭成什么样子。这诱饵也不合法,不过他说无所谓,鱼就是鱼,没什么好讲的,要是他再逮到那条大马哈鱼就更没什么好说的了。

我又骑上自行车,到盖芙尼旅馆去吃点早饭。还是同样的老地方,桌子上放着发黄的小垫巾,墙上画着飞翔的鸭群,卷边的地毯，煮茶的清香，在角落里吸着烟的农民。我坐在最靠门的桌子前，看着《康诺特电讯报》的末版。点了一大份吃的，让额外多加了些香肠。女服务员认识我。我辨认了她老半天，最终还是记起来了——修道院学校的玛利亚，颧骨高得仿佛上去了都要顺着绳子才能爬下来似的，头发长及腰部。过去她从手球馆走过，我总向她打飞吻。

她不断到我桌前来，零零散散拿来各种东西——黄油、果酱、备用的勺子——最后才问起我来。我没有什么心思说话，于是尽量用拖长的怀俄明口音，装作是他人。

不过，宿醉之后，再吃上几根香肠、几片咸肉，实在是再好不过，但吃完后我感觉好比到了九十岁。我在桌上放了枚一英镑的硬币做小费，可是她的头发飘动着，跟在我后面跑出来，说咱这地界不收小费的。她说早认出是我来了——黑皮肤，我猜——她的脸上露出了微笑。

"你回来待多久？"她问。

跟她说起了签证的事情，她说我还幸运，要是她，花多大代价都要走掉的。她有个哥哥在路易斯安那剥牡蛎，一个姐姐在华盛顿州老人病看护院做护工。我换着两只脚站着，手里盘弄着牛仔布夹克上的纽扣。她问起我老头子的情况，说他以前每个星期六都来吃早饭，可是最近有一阵子没来了。

"哦，他好得就差没飞了。"

"那敢情好。"

她在围裙的口袋里晃荡着几枚硬币。

"行，我得走了。"我说。

"也行啊。走之前，星期一到我们这里吃早饭吧。"

"会的。"

"我请客。"

我推着车，沿着河岸走回家。得从工厂边上绕一下路。工厂的铁丝网又高了几尺。里头是人的喊叫、猪的长嚎、猪屎、稀泥。在离工厂外几百码处的长草中，我坐了下来。水很恶心，乌溜溜如莓子，在灯芯草中间缓缓流过，不过我还是想跳下去游泳。我脱下T恤和裤子，挂在灌木枝上，穿着内裤坐着，脚在水里荡着。这半死不活的人生。这听天由命的习性。老头子的那些毛病，我受够了，我想。这样的日子，这些茶杯，这些点头，都有着传染性。玛利亚的身影浮现在眼前，那令人眩晕的欲望，那真挚的渴求。我应该回去，一把抱起她，用手指滚动着她围裙口袋里的硬币，做点浪漫的荒唐事，带她去海滨，在水边骑着巴洛米诺马，将写有欧甘文字的石片装进口袋，策马进入海中。

我跪在河岸，决定下去游泳。下了河，河水没到膝盖处，我站在水下的石头上，前后摇晃，平衡着身子。正要纵深而入时，听到衣服处有沙沙的声音，可能是老鼠或鸟儿吧。我走出河水，上了岸，将脚趾上的水甩掉，穿上衣服，沿着河岸往回走。工厂里传来了号角声。老头子还在那里，照旧在做着垂钓那些事。看着他甩竿，我心头涌起一股苦涩，好像是打翻了五味瓶，很不是滋味。他现在好像是在麻木不仁之中，过一天是一天。

倘若要我来找某种麻醉品的话，我会像茜茜那样——不如趁在兴头上，来点幻觉吧。我遇到她的时候，她已经老得就跟山的老祖母似的，可是她的体内，她的记忆当中，还奔腾着欲望和力量。她那时候住在卡斯特罗街,这地方是美国人死亡的胜地——可是茜茜不像垂死的模样,她还是自己的歌犬,还在嚎叫着,并在嚎叫声中创造出别样的日子、别样的地方。

一九五六年的整个夏天,火灾就没有停过。它们悄悄地、淫荡地在树林间一路舔过,如蜥蜴在山脊奔跑,在褐色的河床上方跳起,有时遇到新的壕沟,火势略有减弱。这火烧黑了挂在树枝间的安全帽,火舌一路伸向森林的北部角落,又被戴尔哈特和他成排的同事们给打了回来。所有这些人的牙齿,都已经被熏成了烟的颜色。火会消停一日,可是只要风吹起了一点残烬,又会噌地燃起。夜晚的天空都被火照亮。东方现出点点橙色,烟雾五彩斑斓,粉色、黄色、红色,就如同一块块不同的皮肤,如同北极光,决定在这里逗留片刻,守住这方土地,这方高山和低河支撑着的土地,一片开阔而狂野的橙色。

林子里受惊的动物四处躲藏。在隔火带上,有只洛基山麋鹿的尸体,烧黑的嘴巴在大张着。一只逃跑的灰熊,在北部小镇的主干道上被人射杀。灰熊疯狂地在人行道上笨拙地爬着,四周大家将其围着,赶着,赶到一支枪前。十几发子弹后,灰熊倒了,发出一声狂乱的大叫。饲料店角落里站着一个疯女子,她模仿这个叫声,声嘶力竭之中,据说她的喉咙都给喊破了。我父亲当时在一家酒吧附近闲逛,他的照片显示,那个女子把双手举向了天空。她的吼叫声一定传到了在小镇做礼拜的人群耳中。会众中"阿门"声此起彼伏,而牧师则在《启示录》中,搜寻关于火灾、关于那个硫黄火湖世界的话语。直升机从上面飞过,错把一袋一袋本来用以灭火的水抛下来，人们开始唱起了赞美诗。

男孩子用烤干的蛇当帽饰带——粗鳞响尾蛇、猪鼻蛇——都是在偏僻的森林路边找来的。他们用父亲的折叠刀，将蛇竖切开，剥了皮，绕在帽上，算作一种成年礼的仪式——又有火要烧起来了。酷热之中，岩石也裂开了。冷杉哔哔剥剥地烧成了一根根树桩。树林边缘，一盒过去遗失的子弹爆炸了，闷响声四处回应，让所有的男子都跑出了屋子。夜里，人们在床边祷告，丈夫虎口处勾着黄色夹克，皮带围在腰间，上面刻着他们的首字母缩写。即将出门前，妻子们在其额头上亲吻。夫妻搂抱着，腰部紧贴在一起。

靠近河床那边，有一个老年牧场主，守在自己的仓库小屋里不肯走，结果就跟佛教徒似的上了西天——大家用一副担架，将他抬走。他在等待死亡时，双手合拢在肚子前，手上的肉和肚子烧到了一起。他的灰白头发也没了。这个被烧死者的葬礼推迟了两个上午，因为火警警报还在响，还在召唤男子们出去灭其他的火。葬礼最终举办时，疲倦之极的男人们把头抵在教堂前面座位上，偷偷用星期日礼服里的手帕抹泪。守灵时，有大杯的柠檬汁，放在教堂外褐色草地上的白餐桌上。小孩子们用桶互相泼水，嬉戏着。寿衣般的烟雾，笼罩在镇的上空。女人们将耳朵挨着无线电收音机，想听听大火有没有成为全国新闻。秃鹰飞起来，在山巅的高空翱翔着，翅膀不断地扑扇——有时候会是成群的秃鹰，在天上黑压压一片，俯冲下来，就如同无数个神父，在主持下面的圣餐。

我父亲和戴尔哈特以及其他消防队员一起。他说他是给纽约一家杂志专门采访——其实他是还没有机会开始就被炒了鱿鱼。在电话里，他们说杂志又找了一个人。"明白了。"他的喉咙发干。那天他在镇上的酒吧里灌醉了，这是为了浇愁，也有一点对于重获自由感到的庆幸。年轻的调酒师把头发染成了柠檬色，为这些消防队员专门调了一种酒，叫血焰酒，里头还放了塔巴斯科辣椒。我能想象老头子在柜台前，大口大口灌酒的场景。喝酒时一肚子怨气，责怪妻子喜欢上这个地方，不想走，害得自己把好机会丢了。我能想象，这酒一定辣着他的喉咙，一定在他肚子里闹腾。他在酒吧里这么坐着，四周是消防队员，在对着大方巾咳嗽。下午休息的挖沟者，手指上是铁锹磨出的血泡。都是些硬汉，大伙儿轮流买酒，大伙儿一起喝。他们一开始一定认为老头子是个外国人——那些早年的照片上，这些人既滑稽又拘谨，他们对着镜头咬紧牙关的样子，几乎让人感同身受。酒吧里只有窗台那儿有一点光亮，他们的五官几乎难以辨认，颧骨处是模模糊糊的片片黑污。

每天早晨，老头子总是从山上下来，找到靠在冷杉树上的自行车，身上挎着照相机，骑上七英里去镇上。戴着蛇皮帽的小伙子们，有时候跟着他跑。父亲的镜头对过来时，他们会挺起瘦骨嶙峋的胸部迎上去。不久后，那些守林人和消防队员面对他的相机时也自然了些，带着种既满不在乎又充满期待的神情看着它。拍单人照时，他会在他们脚前放张白纸，把光线折射上去，衬托出他们脸上粗犷的阴影。他们故作毫无兴趣状，耷拉着脑袋，搓着灰黑的双手。他们还叫他"爱尔兰人"，因为他身上还是透出爱尔兰味来——日渐稀疏的鬓发，绿眼睛，宽大的肩膀在白衬衫下晃动着。那个夏天父亲开始放纵自己，随兴所至，追赶着绚丽而残酷的烈火，甚至感谢妈妈留下来的先见之明——他肯定，他拍的这些照片是他最得意的，一定会让他成大名，他对此毫无疑问。

戴尔哈特是唯一不想拍照的人。他的脸和那些挖壕沟的人没什么两样——长形，褐色，一脸沧桑，一脸风霜。戴尔哈特痛恨照相机。大萧条期间，曾有人拿着照相机从他们镇上经过，从此以后，他就对照相机深恶痛绝。那时候他还小，摄影师哄他脱下衬衫，露出浮肿的肚皮。多年后，这张照片登在了一本书里，被戴尔哈特妈妈看到，撕成了碎片。他妈妈一见到这书就买下来，塞进柴火灶里，烧了。

"你眼睛不好使吗？"戴尔哈特问，"用这玩意儿干啥？"

我父亲只是点点头，什么都不说。

戴尔哈特在火灾现场，就跟战时的将军似的——人一忙，脑子就闲不下来，就不去想他的那些问题了。搞大了印第安女孩肚子的事，暗地里传得沸沸扬扬。有人还看到他在女孩屋后挖沟，好保护她，只是没有人公开说这件事，毕竟一个护林员和一个印第安女孩搞上，也是个敏感的话题。大家对这个女孩所知甚少。她从来不跟人说话，不过传言还是有的，她越是这么沉默，传言就越多。有人说她不说话，可能是舌头在犹他州一个保留地被人剪掉了，以惩罚她剪了十几只喜鹊的舌头。也有可能她父亲是个巫医，让她喝了什么药水，导致声腔废了。也可能是她吃了松鼠，骨头卡在喉咙里了。据说她叫伊莉莎。她的眼睛黑暗而空洞，像受过苦的人，可是她在自家屋后锄地时，一举一动，皆有种流动之美。有人说她是妓女，可是有男人去找她时，她会从门后拿出一把猎枪来，一言不发地用枪威胁着来的人。

戴尔哈特不提这个印第安女子，也不提茜茜，可是老头子在戴尔哈特卡车的驾驶座下，看过一本茜茜的书，那米黄色的书脊已经裂开，书页间满是最近的烟尘。老头子心想，戴尔哈特还在爱着茜茜，迟早会和解的，只不过这些想法，他也只是揣在自己心里。

茜茜把所有关于戴尔哈特的念头都抛到了脑后。她的眼神里有种茫然而又疯狂的火花在闪烁。她和妈妈把耳朵贴着无线电，仔细聆听，在一张巨大的褐色地图上用坐标定位，瞭望着大火，向下面的护林员汇报。"他娘的，姑娘们，你们走运啊，这底下都给烧疯了。"瞭望塔和山倒是完好无损。漫天烟雾悠悠而过。沉重的木门发出咯吱咯吱的哼叫声。妈在小炉子上烧着开水，她发誓说她都能听到水泡相互撞击的声音。在这么高的海拔把水烧开不知要多久。她自己的呼吸倒是变得轻柔、有规律了，一如起初。茜茜写诗的时候，妈就出去散步。日子就像橡皮筋似的拉长着，在寂静的节奏中，时间悠悠地走。四周幽静复幽静——鹅卵石跌落在一片石头地上；一只知了鸣叫着，仿佛在击打腹部的鼓膜；无线电发出的呼叫声；一只小鹿挨近树林边缘的盐巴；一只虫子在茅厕里挪动。所有这一切，都成了宁静的一部分。妈妈走在松针上时，连那松针都发出一阵清脆的轰鸣。茅厕里有蜘蛛爬行的沙沙声。将石灰和灰烬倒进去除味时，苍蝇从下面一哄而上。

瞭望塔的墙上，钉着个马头骷髅，它一尘不染，俯视着下面的铁灶台、一把椅子、一张桌子、一张床、几个橱子，还有个帆布包架子。过去那些瞭望者在墙上留下了不少涂鸦。为纪念叶芝诗歌中的回旋，茜茜给一段旋转楼梯取了个绰号叫"叶芝"。茜茜每隔一级，就在台阶上写下叶芝（Yeats）姓名中的一个字母。每天早晨，她都笑着爬叶芝，她把叶芝踩得咯吱作响，她打扫叶芝，手里拿着望远镜沿叶芝而上，坐在叶芝身上读书，抚摸着叶芝的扶栏，站在那个字母 A 中间，向着世界发布她的宣告。

茜茜和妈妈在那里承受着世界相对的潮湿，挨过高温低温，风飞过，云掠过，尘土扬起过。还有随时可能发生的更多火灾。她们通过无线电向总部汇报着。她们数着闪电和打雷间隔的秒数，以测算风暴的距离。茜茜就是在楼梯上，在大量的涂鸦之间，写下她的诗歌，写完后就在楼梯上朗读起来。妈妈喜欢听她这位朋友疯狂叫嚷，那声音从塔四周传了出去。她把头靠在茜茜的肩膀上，聆听着。

一开始，他们三个人都睡在同样的地上，睡在睡袋里，看上去就像一排失色的饼干。但是后来有天晚上，茜茜因为写作问题发了疯——她已经三天没写一个字了——她在塔四周踱着步子，将纸撕成碎片，四处乱扔。"你们这些家伙在这里干什么呢都？滚开！都给我离开这里！"我父母亲把睡袋拿到了外面，但还能依稀听到茜茜在里头尖声叫嚷，回声在低低地应和着。妈妈甚至有点担心会看到茜茜吊在绳子上，脚下是踢走的椅子。那疯狂的火花，也有着自己的幽暗。

次日，茜茜向他们道歉，可是我父母已经喜欢上外头的寒冷，喜欢上外头昆虫的鸣唱。老头子在树林边缘扎了个营地，用几根松树杆撑了个台子，顶部缠着红色麻绳。闪电特别厉害的时候，他们才回到塔里去。一把小小的折梯，伸向那五英尺高的台子。他们一走在上面，台子就咯咯吱吱响。妈妈早晨从上面爬下来，辨别着各种声音，将其一一吸纳，让风从身上匆匆吹过。她的有些照片就是太阳升起时拍的，妈再次一丝不挂，不过这些照片要比在墨西哥拍的更微妙，边缘处的取景也更准确一些。一张照片上，妈妈就躺在一张绳子床上，绳子在她的身上映出一个个方块来，她的一个膝盖略略抬起，遮掩自己，她的头上系着一块方巾。另外一张照片上，她正在穿一条爸从戴尔哈特那里借来的护林员裤子，乳房袒露着，看到照相机时吃了一惊，嘴张成了柠檬状。还有一张照片上，她穿着衬衫和内裤坐着，吃着一个三明治，看着天气，无目的地远眺着，似乎周边不会再有火升起来。

茜茜告诉我，从远处，她能看到父亲拍摄这些照片，她嫉妒妈妈有这样的爱。有时候，茜茜情不自禁地想起戴尔哈特，还有他船一般的大手，想象那双手像划桨一样，带着她，穿过发黑的树林，穿过嘶嘶响的树浆中突然升腾的团团火焰。

老头子去了河边，继续去钓他那条大鱼。这时候我又想起了茜茜。

在旧金山的时候，她安顿在靠近卡斯特罗街三楼的一套公寓里。我紧张地爬上楼梯，背包扯着我的肩膀。公寓楼的墙新粉刷过，一个穿短裤的小孩在嗅着墙的气味。远远地有钢琴声传来，回荡在公寓之间。过道里有棵仙人掌被人打翻了，碎石散落在四周。我绕过这些石子，敲了敲她的门，并向她做了自我介绍。她从脚前堆积如山的垃圾信件边走了出来,让我进屋,仿佛认识了我一辈子似的。

"你怎么找到我的?"

"打电话问询的。"我说。

"你怎么不打个电话?"

"我不知道你想不想见我。"

"哦,上帝,当然想了。"她笑了起来,让我继续走进去。她的手腕上有银镯子叮当作响。

我看了看四周。墙上有面镜子,无情地对着她。她的头发成了石英灰色,上面有些斑点。她的脸也是同样的颜色。我把背包放在地上。一张报纸的边沿上布满了手画的图案,一排红墨水画的笑脸,沿着报纸白边一路画了下来。地板上放着个平底煎锅,里面有糊成一团的通心粉。

"我给你带了些花来。"

"你看你多好啊!"

"你有花瓶吗?"

她没回答,看了看天花板问:"你妈怎样?"

"她还好。"

"哦,很好,很好。"

"你没有听到过她的消息?"我问。

她好奇地看了看我。"没有,"她闭上眼睛,"嗯,你这包挺沉的嘛。"

"一直在旅游呢。"

"嗨,你想不想跟我一起在这里待下去呢?"

"什么？"

"一直一直在这里待下去。"

"哦，也行啊，"我点点头，"她从来不写信给你？没写过？"

"从来不写。连圣诞卡也没，这个……"她的声音黯淡下去，"我都不知道多久了。"

"我明白了。"

"对了，你说你叫什么名字来着？"

"康纳。"

"啊，对了，我怎么就给忘了呢？你和她长得一模一样，你知道。"

电视机上盖着一张白色皱纸——茜茜看电视时喜欢把声音调低。这是个魔术般的盒子，里头投出一片古怪的交织在一起的颜色，你都能看出纸张的纤维纹路。静电发出含糊不清的声音，将纸向外推。她把皱纸粘在电视机顶，这样如果她想看点什么，把纸掀起来就可以。

她移到了沙发上，伸直了身子，躺下去，笑了，大声地咯咯笑，在公寓里回荡。公寓架子上放满了护身符。咖啡桌上放着杆一英尺长、模样奇怪的烟枪。壁炉架上放满蜡烛。墙上挂了几幅画，有奥基芙的画，还有张安迪·沃霍尔画作的仿制品。她穿着白色晚礼服，长发瀑布般披到肩部，那样子，活脱脱是从田纳西·威廉斯剧作里走出来的。多年来，她浪迹四方，最终在卡斯特罗街上把自己收敛了起来。这间公寓一直高朋满座。她用她的诡辩招待着来客。女人们翩翩而入，她跟她们讲如何保护自己的口腔、指甲、处女膜——或许三个一起保护。她也说过某些垮掉派作家把她这三样东西一起夺走的故事。脸部干瘪的男子也来敲门，想跟她谈，问他们的身体细胞为何在毁灭，在垮掉。他们给她带花来——她的住处到处都是花。茜茜会喋喋不休地聊运动，聊政治，聊死水一潭和风花雪月，聊六十年代那些浪漫派臭大粪，说去了越南的那些人——她的说法是"西方之死"。她就好像萨满教巫师，心里头总藏着神圣的愤怒。每次说故事，她都先说："主啊，我还记得。"

头天晚上，等她的公寓总算安静下来时，我向她讲起了妈妈的实际遭遇。她的脸色沉了下来。

"我的天，"她说，"我根本不知道这些。"

后来我再次问她时，她悲伤地转了转眼珠子，用一根牙签剔着指甲缝："没有，没有，我什么都没有听说过，真想不到。她就这么说走就走了？"

"连根拔起，说走就走了，"我说，"连张纸条都没留。"

"她去哪里了？"

我摇了摇头。

"你有没有去墨西哥找？"

"当然了。"

"没找到？"

"没找到。"

她去了厨房，回来时拿了瓶伏特加，还有些冰块，倒了两杯酒，眼睛盯着墙。

"跟我说说那些火灾吧，茜茜。"

"为什么说这个？"

"我就是想知道。"

"为什么?"

"她过去常说起。我老头子也常说。"

"哦,对了,你父亲。你父亲怎样了?"

"有一段日子没见他了。他住在梅奥的家里。"

她噘起嘴,耸了耸肩。

我小口喝着伏特加:"跟我说说那些火灾吧。"

"哎呀,如今这儿人人都在怀旧,"她说,"我日复一日地和大家讲过去的事。"

我点了点头。

"我的意思是,现在大家说的全都是这些。二十年前,三十年前,一百万年前是什么样子。"她在沙发上动了下。"你想知道我怎么想的吗?"她问,"我想记忆的四分之三属于想象。"

我往后一坐。

"其余的都是撒谎。"她说。

"是的,也是,我知道你什么意思。"我两手绞在一起。

我知道她什么意思,可她还是像鸸鹋鸣唱一样,跟我滔滔不绝讲起来,一个个清晰得惊人的记忆,一段段大大小小的往事,一曲曲怀旧的挽歌。电风扇的风,将她的晚礼服,吹得如同波浪一般在抖动。茜茜还记得妈妈在破镜子前的面孔——"主啊,我还记得!"——就仿佛这一切发生在昨天。

她的嘴角总是挂着笑。她整个人就如同一个剧场,我有时候都指望会有掌声响起来为她喝彩了。她会把手伸到唇前,歪着脑袋,咯咯笑着对她听得出神了的听众说:"上帝啊,我还真能侃。"然后眼睛向上，目光越过晚礼服的下摆，问我："你不觉得吗?"

头天晚上很迟的时候，我看到她在用一根针在腿之间晃动。她大腿内侧有很多针印，我想这可能是她能扎针的少数几个隐秘处之一。我在地铺里动了动。她和我目光交汇。那一刻针头晃了一下。

"哦，上帝啊，"她说，"我们在花的水里放糖了没有?"

针扎了进去。

"我总是忘记在养花的水里放糖。"她说。

她推着注射器顶部。

"你没事吧，亲爱的?"她问我。

"没事，我没事，"我在地上坐起来，脚盘着，抵到肚子上，"你为什么这么做?"

"这能让花多活一段时间。"

"不是，"我说，"我说那个。"

"哦，"她看了看针头，在手指间转了转，"没什么大不了。"她陷到沙发里面，往后靠着坐下去，眼睛闭起来，然后突然坐直身子，看着我："你知不知道吗啡斯是梦之神?"

她用四本垮掉派小诗人的初版书，骗当地医生给她开了无限量供应的吗啡。她说她并不是上瘾，只是最近养成的一个新习惯。她坐到沙发边上，身子向我斜过来。"不再写什么愚蠢的诗了，"她说，"我不再写什么愚蠢的诗了，诗歌他妈的一钱不值。我宁愿坐着说说话。无所事事不也是一种美吗，你觉得呢?"

公寓的角落里，仍有一卷屠夫用纸，可是没有打字机了。有时候她会拿起那根装饰着熊爪子的烟枪,在手指间摆弄。这烟枪是六十年代某个护林员从另外一个瞭望塔收缴来的,也不知怎么到了茜茜手上。她已经不吸大麻了,仅限于吗啡,不过她在内衣那层抽屉的底部,还藏着几小包十元装的大麻。那大麻叶又老又干,可我还是吸了,让熊的爪子抓我的嘴唇,让她的世界,滴落在我的身边。

我和茜茜一起住了三个星期。她开始叫我"宝贝"。有时候她精力极为旺盛,在公寓里来回走动,把门打开,让人进来。有时候,她会走到阳台上,和下面街道上的人聊天,高高在上地向下发话。街上车水马龙一片喧嚣,有男人手拉着手,向她挥手,然后紧紧拥抱。一个女子跟在一只猎狼犬后面,被它拖着走,那失血一般的外套在她身后摆来摆去。警笛声响起来了,街上生机勃勃。理发店广告灯箱的红白蓝三色在旋转着——外头还有块标牌,说内有干净剃刀可供刮脸。一个挂着宣道牌的人,说这街道就是所多玛和俄摩拉——他站在那里就如同摩西一般,人群像红海一样从他两边分开,他站在那里,如同一根盐柱。

有天晚上,茜茜在睡觉的时候,我走到外面安全梯上。街对面有个男子站在自己的阳台上,扭着肥大的屁股,不怀好意地拿着一把发刷在唱歌。他看到了我,但是毫不退缩,照唱不误。他是个中年人,打着领结,可是没穿衬衫。透过街上交通来往的喧闹,我能听出是老科尔·波特的一些歌词。他带着一种难以名状的渴望,唱着这些歌,那毛刷就跟高空秋千似的,在他的唇前荡着。有时候,他在手指之间摆弄着那毛刷,从刷子齿上扯下一团团的毛发来。茜茜也上了安全梯,和我站在一起,把手搭在我肩膀上。

"宝贝。"她说。

她站在我旁边,和那人一起唱起了"你是最棒的"。两人一唱一和,但调子并不一致,歌声在繁忙的街道上方飘荡。她冲男子挤挤眼睛。那男子把毛刷放入裤子口袋,笑了起来。茜茜伸手搂住我的腰,把我带进屋子,在炉子上热了些牛奶,好帮助我们入睡。后来我们没动牛奶,早晨,它上面结了一层皮。茜茜将它用勺子舀出来。"你是最棒的。"她笑着说,把那层牛奶皮扔进了下水口里。

这地方在零零碎碎的白砖头、旧木头和剥落的水泥之间,如一段栖居的飞檐,充满活力,不拘一格,茜茜在这里如鱼得水。下午的时候,如果有人能来给她做饭,她就十分感谢了。我给她炒菜,还发明了一种巧克力甜点,不过她放在盘子里没吃。"太好看了,哪里舍得动口?"她说,"你不觉得吗,宝贝?"她拿起叉子,在苹果布丁上画了张笑脸。在她后面,绉纸的颜色一片绚丽。她每天都拼命想记起我的名字,可是总也记不起来,却把多少年前的事情记得清清楚楚,就好像是刚刚才发生,她止不住地想回去重来一次,一次迈向欲望的朝圣之旅,无奈这永远也不可能。茜茜不再把我当客人看了。她上厕所的时候门都不关。坐在沙发上的时候,那晚礼服拉高到大腿处。她拿出注射针,将熊爪烟枪装满的时候,我就别过脸去不看。

她说对她来说,海特街是一个瞬息万变、充满性感、充满魔力的地方。六十年代中期——怀俄明大火十年之后——她在这儿甩着长发,镯子在自己脖子周围晃荡,光脚的脚底都走出了老茧。我走了下去，想核实一下海特街到底怎么样。站在海特街和阿什伯里街的角落里，发现周围都是些长胡子的老人在讨钱，空气里荡漾着一种新鲜的酵母味。这街上的娱乐也是它的悲伤——马尾辫，鼻环，光盘，昂贵的珠子，上面印着奔驰徽标、徽标上又打着和平标志的 T 恤。

公园里，有个玩杂耍的在扔橙子。她穿着圆领背心，不时用手在胸口一抹，把汗水擦掉。她注意到我在背包外口袋上绣的小小三色旗标志。"广告呢，"她开着玩笑，"爱尔兰人大家都喜欢。"她是盖尔维人，不过一点口音都没有了。我们走到"城市之光"书店，我在里面垮掉派诗歌的陈列中找茜茜的诗歌，可是没有找到。我们走到一家酒吧，打了会儿桌球。她抄起健力士啤酒瓶又抛起来。"我也就一落魄鬼①。"她说，突然间，她的爱尔兰口音全回来了。"好，来吧，给咱亲一个吧。"她身子向我斜过来，亲吻着我。我伸手抱住她。可是接着，她跟我耳语说我像她过去认识的一个人。我叫了辆出租车离开了。

我靠后坐着，看着旧金山的忙忙碌碌。全世界都在寻找某个失散的人。

夜晚的鸟儿从卡斯特罗街上空飞过，沿着小巷飞下去。茜茜在这些飞鸟下头，醒着。

"我喜欢金山。"我跟她说，我的醉意还没怎么消。

"哦，别叫它金山，宝贝，只有游客叫它金山。叫它，我来想想看，叫它白白城好了。"

---

① 原文系双关，也有"抛东西的人"一意。

"好的。"

"我今天晚上和人约会了。"

"不错,别动感情就是了。"

"不会的。"

"得,该怎样就怎样吧。"

"什么怎样?"

"动感情去爱啊,踏破铁鞋啊,爱上上百万个人,"她揉了揉眼睛,"我来告诉你吧,同时爱上她们最好。"

"说得是。"

在这座白白城里,同时爱上一百万个女人——这种话写成茜茜的墓志铭都行。

一个男子进来,要收两个月的账单。他一只脚插进门里,把门支开着,手里向我们挥着账单,威胁要上法庭起诉。我替茜茜把账单付了。她吃惊了:"别这么来,宝贝,哦,上帝啊,你真不要这么客气。"我不是要做什么善事,而是想在这间屋子里,留下点什么东西。说来可悲,我能想到的也只有钱了。内疚感压迫着我。茜茜累极了,或许是我把一些最好该忘掉的东西,再次从她心底翻腾出来。在熟食店里,我买了很多的食物和酒。我还做了一顿豆子和卷饼饭。我们喝了点白葡萄酒,并为我妈妈干杯。茜茜只是说:"为胡安妮塔干杯。"

次日早晨,有出租车在公寓下面按喇叭。我勉强能从车流声中辨认出来。

"你要是愿意,一直留在这里也行。"

"我得去找一百万个女人爱啊。"

"多好的主意,捎我一起去。"

"行啊,走吧。"

她笑了,摇摇头。

"再会了。"我说。

我吻了吻她的脸。

她的身子往后一退,嘴滑稽地噘起来,顿时,她皱纹满面。她指了指自己的嘴唇,然后又将其噘起来。我们笑了。我们双唇相接时,她一只手握住我后脑的头发,一只手抚摸着我的背部。我想再亲她一次,可最终还是没亲。

"现在去哪里呢?"她松开我的头发问道。

"我买了去怀俄明州的车票。"

"代我向怀俄明州问好。"

"我能叫它怀俄明吗?"

"宝贝,你叫它什么都成。"

"好吧。"

"如果看到了胡安妮塔,请代致问候啊。跟她说她欠我的信。"

出租车带着我驶过白晃晃一片的旧金山。茜茜那张坑坑洼洼的脸跟着我走。她答应我要戒掉吗啡,可是走之前,我又看到她拿出一支小注射器,在大腿下寻找着完好无伤的地方。"再扎一次好了,"她咯咯笑着说,那兴奋感已经提前将她吞没了,"你知道,宝贝,这些事你得慢慢来。"

一天早晨,天光大亮,老头子出了门后,茜茜和妈有气无力地留在营地附近。

妈穿着品红色裙子，前面扣着扣子。那一排扣子一路系到裙下摆处。她那褐色的腿露了出来，如若细枝。她躺在草地上，手在眼前挡着阳光。茜茜在她边上，手托着脑袋。"这几天要下雨。"茜茜说。她故意若无其事地轻轻动了一下。妈妈眼睛上的阴影延长了一点点。茜茜门牙的牙缝间夹着一根草叶。一只虫子落到了妈的肚子上，茜茜伸手给挥走了。她的手在妈妈身上悬了一会儿，然后轻轻落下，放到妈妈肚皮上。两人什么话都没说。昆虫飞走了。虫的阴影就那样被她定住了。茜茜的手指在一颗纽扣周围画着圈。沿着纽扣的轮廓。她只是将指尖伸进了纽扣之间的小缝，碰了碰妈的皮肤。就这样，她用指尖，走在妈肚皮这一小片领地上，或许妈在某种欣喜中动了一下自己的头，或许她背后的头发压在了地上，或许她后背抬了抬，在背后透了点风，或许她等着那手指更深入地去探索，或许她在想根本不会有雨，可是茜茜把手缩了回去，开始笑了起来。

她站起身，蹦蹦跳跳地回瞭望塔了。后来妈妈找到她，发现她正一心看各样地图，并且通过无线电和一个护林员说话。两人拉了一会儿手，这时一个干咳着的声音从无线电里传过来："你们两个在上面疯掉了没有？"

她们又下到了水槽边。妈妈，连同身上的品红裙，滑了下去，想试试下面什么感觉。水不冷了。她们扫去水面上的幼虫。妈把四周的水拍打出去，把头埋到水下，起来时头发全都乱掉了。茜茜坐在她边上的水槽沿上，在笔记本里乱写，涂涂画画，后来她给整理成了一首歌词。这是一个美妙的时分，妈和茜茜在一起——至少茜茜是这么跟我说的——让天空在上面飘过，两人什么话也不说。后来，那裙子挂在晾衣绳上，在风中抖动。妈又回到营地，给父亲做三明治当晚饭。

那天晚上老头子回来了，肯定是爬上了梯子，和往常一样躺下来睡觉，两人伸手互相搂抱。或许有一只猫头鹰在树上鸣叫，将一团团毛乎乎的粪便丢到这世界上来，仿佛是什么礼物似的。

接下来的一周，戴尔哈特的孩子出生了。

这位护林员和我父亲在酒吧里坐着，衣服上全是烟味，这时候伊莉莎走了进来。她才二十出头的样子，不过已经有丝丝的白发，从发辫中散落出来了。她的脸好像是用什么褐色的土做成的一样。她的羊水已经破了，把裙子弄湿，可是她还算镇定。调酒师见了她，就从吧台后出来，像赶苍蝇一样把她往外赶。可是戴尔哈特站了起来，走到她面前。她咬紧牙关，狂挥着手，声色俱厉："我想让你看看这是什么滋味！"接着，她倒了下去，手紧抓着肚子。这是大家第一次听到她开口说话。戴尔哈特把调酒师推开，带伊莉莎去了后面的一间小屋，把她的裙子掀到腰部。

老头子出去找医生，可是医生有事走开了——一个男孩在找蛇的时候，在焖烧的灰里烫伤了手。

父亲回来的时候，伊莉莎的牙齿正咬着一块厚厚的纸板，额上汗出如雨。戴尔哈特的手臂上有一片血污。四个老年妇女在边上又是忙又是哄，那孩子的身子，已经有一半到了这个世界上。"你们男人啥都不懂！"我父亲出去等候。调酒师的脸上，挂着欣喜若狂的笑——生孩子的消息传开了，酒吧里来了几十个人，看着电视机上灰灰的雪花。酒吧里大家窃窃私语。人们在猜测戴尔哈特是不是孩子真正的父亲。有的女人希望孩子长得像戴尔哈特。她们低声说，镇上褐色皮肤的人已经太多了。

小男孩生下来后，血迹之下的皮肤和伊莉莎的脖子一样乌黑，头上零零星星长着煤一样乌黑的头发。一个妇女问伊莉莎给孩子取什么名字。"库奇。"她像往外吐什么似的，说出了这个名字。在她自己的语言里，"库奇"的意思是"黑鬼"。戴尔哈特把孩子包裹在毛巾里，抱到酒吧里面来，仿佛是抱着个什么天赐的大宝贝。可是伊莉莎把护林员叫了回去，说孩子归孩子，他归他，别搅和在一起，她会自己把孩子养大——还说要是戴尔哈特胆敢再到她小屋来，初夏那只误闯到镇上的灰熊是什么下场，他就是什么下场。在背景之中，有声音从收音机里隐隐传来，说闪电击中了北边的山岭，明日兴许有更多更烈的火烧起来。后来并没有烧起新的火。云来了，接下来的一周，断断续续下了些雨。云跨在山上，看上去就像奇怪的马匹。可是当时，这种救火之需还是让他们感到紧张，他们耸耸肩，向着北方，向着加拿大的方向晃悠过去。从瞭望塔上，茜茜和妈看着昆虫在岩石上蹦蹦跳跳，即将南飞的小鸟聚集在树上。远方有动物在嚎叫，有时候茜茜也嚎叫起来，回应着它们。

她听说了戴尔哈特小孩的事，但只是耸耸肩，就好像在抖落一条旧毯子。"我还是无所谓。"可是她的诗歌开始充满了出生的意象——破荚而出的种子，随着怀俄明的风飞散；黑熊在林子里，歇斯底里地寻找着崽子；两只金色的老鹰，在空中交媾着，身子盘旋而下。瞭望塔的地上堆起了一卷卷的纸张。妈给她沏了一杯又一杯的茶。有时候她们会出去散步，互相挽着对方的腰，还唱着歌,让熊不要近前。茜茜教妈辨认当地的天气,教她用英文说云彩的名字,如白如薄膜的卷须云、层云、底部平坦的积云,还有积雨云。后来有一日,从积雨云里降下了倾盆大雨。一雨便成秋,她们的夏日结束了。妈妈学会了如何估测湿度。她有时候还用无线电和其他瞭望塔操作人员通话。

"这是我在这里的最后一个夏季了。"有回散步时,茜茜跟她说。

"你接着干什么去呢?"

"不知道,可能回旧金山吧。"

父亲上了山,醉醺醺,气喘吁吁。他决定把这个夏天拍的照片出一本集子,还说或许可以收进茜茜的一首诗。茜茜什么话也没说。那天晚上,父亲兀自喝了一壶酒,想象自己到了纽约城,穿着黑大衣,歪戴着贝雷帽,在举办出版庆祝会;会上唯一的火,便是开胃菜托盘下保暖的火。到了深夜,他醉了,第一次看起了茜茜的诗歌。老头子后来再也没有提过她的诗歌——他和她,就像是生活在两个世界的人。他把络腮胡剃了,用梳子梳了梳头发,望向山下,考虑接下来和妈一起去什么地方。

小米格尔的地图一定在他脑海里闪现过。那泥土的芬芳。所有代表城市的锯齿边。

最后他们三个人一起,等着雨水的降临。晚上,他们看着火光在东方闪烁。早晨,他们像树桩一样站着,影子拖得老长,看着山谷间乌云来来往往。从山顶,他们可以远眺到爱达荷州。父亲拍摄瞭望塔、无线电、角落里的蜘蛛网。长脚蚊汇集在屋子东侧,动荡不息,那是一种古怪的、有节奏的悸动,使得它们看起来如同一只巨大的生物，好像是要在挡住什么捕猎者一样。还有一些照片拍的是水槽、树、他们的营地、他那辆靠在树上的自行车。母亲将他们的东西打好包。他们并不知道下一站在何方，不过他们得离开。再过几个月，他们待了整个夏日的地方就要被大雪覆盖。他们看着空中的云朵如同肿胀的胸脯一般膨胀起来。一阵阵狂风席卷而过，预示着暴风骤雨的到来。雨终于下了，这是他们一生当中所见的最猛、最纯、最灰、最美的雨。它像一张张帘幕，猛泻下来，把火浇成灰烬。水汇成了小溪，冲击着莓子。水从树上滴落下来。种子在破口而出。盐块在融化。空中的明亮藏匿了起来。原本干燥异常的地上，出现了一汪汪水洼。他们三个人都站在塔外，任由那雨水，清清爽爽地灌下来，浇着他们的脸。后来云亮了，空气也清新起来，清新得能让人流鼻血。

麦卡锡太太下午给他送吃的来了。烤马铃薯和大块鸡胸脯肉。也不知道她是出于何种动机，时不时给老头子送这种古怪的晚餐——别的人才懒得去管呢。大概是什么基督教的慈善吧，我想。她看到我，有点吃惊，可是表情马上爽朗起来，问我星期天要不要去做弥撒。我冲她挤了挤眼睛，告诉她说下周无论刮风下雨，我一定去。

老头子站起来，从麦卡锡太太手里接过盘子，手夸张地一挥说："我饿死了，隔着树篱都能把农夫的屁股整个吃下去。"

他坐在大椅子上，肉汁顺着下巴流淌。后来，麦卡锡太太又满面笑容地回来，给我也端来了一盘子。

"上帝保佑你，"她跟我说，眼睛打量着厨房，"我看你给他打扫卫生了嘛。"

老头子又去钓鱼了,夜幕降临才回来,愚蠢地这么一钓就六个钟头,这次一无所获,鱼连咬都没来咬一下。他进来的时候,天很凉,他径直上楼去卧室了,说他不能在椅子上睡,不然头痛,窗户里有穿堂风。我给他温了些威士忌,加了很多糖,可是橱柜里没有丁香了。我用那个古老的银盘子把威士忌端了上去,为了增添笑料,还在胳膊上搭了条白毛巾。我从门缝里偷偷溜进去,叫了声:"客房服务来啦!"他正蹲在梳妆台附近,赤裸着身子,弯着腰,下面拿着一面镜子,正在看自己后面的什么东西。他的腿弓了下去,呈纺锤状。他屁股沟里有一串发干了的血迹。他正瞪着血迹,手里拿着条毛巾,准备把血迹擦掉。

"哦,天哪,对不起。"我说,马上往门边退去。他站起来,就如同洪积世时期的野兽一般,哼哧着,冲向门前,却又顿住,为自己的做法感到迷惑了,一只手抓住门框,头从门后伸出来向外看着。

"你想干吗?"

"没什么,没什么。"

"滚你妈的蛋!"他说,把裤子从脚踝处提起来。

"对不起。"

"走吧,给老子滚开。"

"你没事吧?"

"我好得呱呱叫。"

"我只不过是……"

"连敲门都不会啊,伙计?"

"我想来个惊喜……"

"得，这也够惊的了。"他在屋子里倒退了回去。脚在垂下去的裤子里移动着，那样子有些滑稽。他的手窝着挡住自己，虽然他已经转过背去了。"你把人都吓丢魂了，"他说，"现在别再烦我了。"

"你怎么回事？你好像身体有病？"

他眯着眼睛看了看我："我他妈屁股流鼻血了。看在耶稣的分上，你觉得我有什么病呢？"

"我不知道。"

"啊，走吧，儿子，看在耶稣的分上。"

我把盘子放在门下边，下了楼，抓起夹克，坐在外头的街沿上，看着变幻的梅奥天空，云匆匆掠过椭圆的月亮。橘色的猫上来了，弯着身子躺到我膝弯里。我抚摸着它。风从院子里呼呼吹过，靠近谷仓的独轮车左右摇摆着，就连河流都可能在动了。有些灰从火坑里飞了出来。我听到老头子在厨房里弄出了乒乒乓乓的声响，壁橱门砰砰打开又关上，过了一会儿，水壶响起了刺耳的叫声。我从下面把门推开，进了屋子。他裤子的纽扣还没系上。他在瞪着墙上的火印子，手里端着热过的威士忌。可是他把铁勺子给忘了，在杯底边缘处，磕出了一道裂缝来，威士忌顺着流到他手指上。他若无其事地站在那里。

"我想我还是跟你讲吧。"他说。

"讲什么？"

"只不过是愤怒的葡萄。"

"斯坦贝克？"

"痔疮。"他说。

他继续盯着墙上的火印子，我都不知道该不该笑。

"一定是吃麦卡锡太太的东西吃的。"我说。

可是他似乎没听到我讲话，只是站在那里，不知怎地舔着手指，又将手指抵在火印子处，然后转过来，伸手抱住我的肩膀，充满柔情地揉着。

"康纳，我想自己待一会儿。"

我离开他，沿着整条河一路走了下去。河岸渐渐宽起来，河道蜿蜒之中形成了几个弓形湖。一直沿着长满芦苇的河边，走向两个女教友的墓地，除了些墓地上的草，而后蹲下来，向着流进大海的河口看过去。海上有灯火，有船在惊涛骇浪上荡来荡去，波浪上粼光点点。别这么虚无了吧，我告诉自己。别这么半死不活了。我爬到了海滩下面，在沙地上跳了一会儿，脱掉了衣服，走到了水边，慢慢涉水而下，水漫到了我的大腿处，我一个猛子扎了下去，起来时放声大笑，身上冻得厉害，我接着又游了十五分钟，直到身子暖和起来，我在浮标上挂了一会儿，让大浪把我冲进去。在漆黑如墨的夜空上，我瞥见了一颗卫星。四周宁静得近乎神圣，只有水从我身上漫过，我感觉身子轻盈——那照到眼里的光，或许来自很久以前就已经爆炸的星星——咸咸的水浪把我沉下去，又顶上来，把我甩过来甩过去，那幽暗里，有一种莫名的兴奋。浪漫一点没啥不好，我向着天空说。谁诅咒煽情的话就滚他妈蛋吧。我终于感到自己还是活着了，海滩的长草在向我鞠躬，风带来了一阵令人神清气爽的凉意，月亮泻下光辉来。我想我听见了两个女子和我一起在笑，她们将白色的阳伞举向天空，挡住雨滴，我看到了其中一个女子，罗耀拉，在那浪花间出现，告诉我说，不要对他这么过高要求吧，他都快死了。我说，不会，他不会的，只是愤怒的葡萄。然后，想着这一切的荒诞，我不由得歇斯底里地大笑起来，接着游泳，向着群星说哈利路亚，接着咆哮，接着癫狂，扑腾着自己的双臂，在那暗夜里我狂吼出各样的蠢话，想着他，我的父亲，不过是个好争吵的老浑蛋，过去这样，将来也永远会这样。我再一次沉到水下，海水辣着我的眼睛，我浮起来的时候自己笑了起来。我沿着海岸游着，让那浪花将我裹挟着。我手脚并用爬上了岸，沿着海滩奔跑着取暖，我的手窝着，挡住自己的私处。风吹得更劲了，也更冷了，我几乎什么也看不见，牙齿也在打战了。我匆匆穿上衣服，在沙滩上蹦蹦跳跳，沿着河岸向家里跑去。在那灯芯草丛里踩出路，踩出分叉来，我一路跑一路把灯芯草往后推，它们倒下，又迅速重新站起。回到屋子里，我找了块毯子披起来，在厨房里瑟瑟发抖。他把威士忌瓶子留在桌子上给我，我为他连干两杯，颤抖着跟自己说：哪一天老浑蛋真走了，我还会想他呢。不过对此我也表示怀疑。

星期六　缤纷蓝苍鹭

我去了一趟镇上——头发里还有海盐的气息——买好了去都柏林的火车票,又去药房给他买了点痔疮膏。递给他时他显得很难堪,退到了楼梯边,嘴里哼着什么小曲。

"你得时不时唱点什么,"他在楼梯顶部跟我说,"这是消愁的唯一办法。"

他把那一小管痔疮膏在空中挥了挥。

我笑了,出去到了谷仓里,开始把几块多年下来铆钉已经脱掉的铝片钉上。谷仓模样颇为不堪,看起来就如同我那小屋,可能都挨不过下一个冬天了。我顺着梯子爬到屋顶,在上面待了一个小时左右,换了几张铁皮,把一些豁边卷了下去,钉了几根新铆钉。有些横梁已经被虫蛀松掉,钉子一钉就陷了进去。天空是旧牛仔裤的颜色,我坐下来,看着排成了梯阵的大雁在天空飞过。它们从屋子上方飞过,我眼睛一直盯着看过去。我斜靠在梯子上,邮递员的厢式车引起了我的注意。车子沿着小巷子开着,原来和我同过学的吉米·基尔南在开着车。他将车子停下,按门铃。垃圾金属乐从乘客座上的一个大喇叭收录机里传了出来。我本想在那震耳欲聋的音乐声中,高声叫他的名字,不过吉米·基尔南是我最不想与之说话的人之一,所以我也就由着他去按门铃了。

基尔南有了将军肚，戴着避雷针状的银耳环，在阳光下晶晶亮，那粉白色的皮肤就像松弛的鲱鱼白肚子。他捶着前门。

老头子窗户的帘子是拉开的，我看到他穿着背心走过来，打开窗闩，探出头来。

"有包裹。"基尔南说。

"下边什么玩意这么吵？"老头子叫着。

"包裹！"

"不错，留下好了。"

"你得签字啊。"

"你签好了。"

"天！"基尔南说，把褐色小包裹放在门前台阶上。他转过身，我肯定他看到了我，不过我把身子继续向着梯子侧过去，眼睛看着河那边，想着老头子的执拗，不由得笑了起来。基尔南站了一会儿，打着响指，最后钻进了绿色的车子，胳膊搭在开着的车窗上，离开了，音乐声也渐渐远去了。

父亲出来了，还穿着那件网眼背心，手里拿着一个木头盘子。猫过来了，蹭着他的小腿。可是他弯下腰，把猫轻轻推走。他坐在台阶上，把盒子放在膝盖上，打开包裹。包裹里装着几样小东西：几个看上去像十元一包毒品的塑料袋子，其他的则像火柴盒。他将它们小心拿出来，摆在木头盘子里，把发票装进口袋，把那空纸盒子一手打翻，让它沿着排水沟滚走。他拿出一个光秃秃的鱼钩，放在嘴唇间——或许是为了纪念他在墨西哥和加百列一起钓鱼的日子吧——他从院子里走过，向着谷仓走过来，那鱼钩的倒刺，从他的嘴里冒出来。

我把谷仓的一块铁片掀掉了，可以看到下面——一台旧的割草机、几把铁锹、一台从未使用过的切草机、几袋土豆。他拖着步子走进谷仓里，拖了把椅子到台子前。这台子一定是我不在的时候他修的。他坐下来的时候，点点灰尘飘扬起来，有一些向上飞，飞进了屋顶照下的光柱子里。他把帽子放在台子较远的那头，把钩子从嘴里拿下来，伸手下去拍了拍小猫。将钩子放在桌子边上的虎钳夹口里，就跟做手术的医生似的，将东西一一摆放在前头。

"做飞蝇钩呢？"我从上面往下喊道。

他的头猛转了一下，椅子也随之挪了。

"在上头。"我说，我把头从屋顶的洞里伸过去。

"老天爷，你把我给吓得半死。看在耶稣的分上，你人在哪儿啊？"我吹了个口哨。他抬头看了看。

"你以为你是谁，是他妈米开朗基罗不成？"

"你在做飞蝇钩？"

"在装饰飞蝇钩。"他纠正说。

"你什么时候开始玩这个的？"

"啊，都好多年了。"

"真的吗？"

我以前从来没看他做过飞蝇钩——他开始钓鱼时，所有的飞蝇钩都是从镇上一家渔具店买的，放在帽子里拿回来，一买就是几十个。我看着他的手在光胳膊上摸来摸去。

"你不冷啊？"

"一点都不冷。就是下冰雹,我也能干这事。喜欢着呢。"

"那也得披件衣服,不能光穿个背心啊!"我说。

"得了,别跟我说这个了。"

他的椅子又转动了下。他用虎钳夹了下钩子,将材料一一在前面摆放好。然后向上看了我一眼,将眼镜摘下,开始干起活来。他拿出一些紫色细线,用拇指和食指揉捏了下,开始在飞蝇钩上方绕起来。可是他的手指在抖——就跟起飞前蜂鸟的翅膀似的——线老是掉,然后他又拿起来,盯着看。他将抖动的手放到桌上,瞪着它,或许是告诉它停下来别再抖了,然后另一只手突然握成拳头,手背向下打了下去。那手终于不再抖动,他兀自呵呵一笑,终于把线在飞蝇钩上绕了起来,那手似乎也一点都不抖了。他在下面表现出一种平静和满足,一种安天乐命,任时光慢慢流逝,只是一门心思地在玩做飞蝇钩的艺术。其实这飞蝇钩很简单,简单到鱼儿可能都会主动来索求。它自然、好斗、真切,仿佛做成后,会长出两只翅膀,在空中飞过,或许还会有三对眼睛,间或在期盼着运动的感觉呢。父亲开始哼起小曲来,模样快活——用他自己的方式浇愁呢。我伸手在谷仓屋顶上抓过铁片,盖在洞口上,钉了下去,而后下了梯子,回到屋子里,给他拿来件衬衣和他的大衣——否则他一定会冻僵,我知道做飞蝇钩得花不少时间,那各样的颜色,那些被缠住的动感。

汽车站是美国最悲哀的地方之一。所有人都在找出路。悄悄地四处走动。有人在找丢失的孩子。有人漠然而空洞地瞪着双眼,等着生活发生。

在旧金山，一个年轻女子，在大声宣讲着耶稣。她的手臂修长，上面戴着一串手表。她说她在等着耶稣的再次降临。她旁边有个男孩，跑来跑去帮人拿行李和袋子。他的脖子上挂着块牌子，上书"艾滋病阳性"。一个戴着塔法里教帽子的男子，试图向我兜售一份关于聋人的小册子。他在空中打着什么手语，还在纸上乱写字，说我可以在看书的间歇把小册子当成广告来看。我买了下来。他顽皮地捶了一下我的肩膀，说他根本没聋，然后得意洋洋地晃着走了。我将小册子揣进背包里。直到此时，我才发现茜茜把熊爪烟枪放在我包的上层，就在牛仔裤下面。我走进汽车站厕所里，把最后一点大麻焦油给洗掉，以防包被人搜查。

去怀俄明州的车程是两天时间。汽车在高地沙漠和群山之间颠簸，沿着州际高速公路，间或经过硕大的休息站，中途在一些城市短暂停留。停留的那些下午，日子灰灰地悬在城市上空。到了杰克逊洞的时候，我发现自己走路也是晕晕乎乎。最后到了百万富翁牛仔酒吧，我向一个戴着黑色宽檐牛仔帽的人讨价还价买了些东西，来到蛇河边，将熊爪烟枪装满，过了一把瘾。

早晨醒来时，两只蓝色的苍鹭在河岸上方翱翔，翅膀的扇动极为有力，若是被它们给扇到，人的胳膊都能给砸断。夏末的山间，冰雪消融，雪水化成了急流。我用这水洗了把脸。

我回到汽车站，再次四处张望。三十五年前我父母也曾在这里，茜茜对我说过。我在脑海里重构当时的场景。妈妈站在那儿，神色紧张，面颊上抹着胭脂，嘴唇涂了淡淡的口红，深红的围巾懒洋洋地围在脖子上。她害怕汽车吐出黑烟开动的时刻。茜茜在她边上等着，一只手挽着妈妈的前臂，指甲摩挲着手臂上毛绒绒的汗毛。妈把头靠在茜茜肩膀上，凝视着路下方，越过小镇，看向远方，看向那五十年代的末了，看向那不定的前程。她任由那深红的围巾滑落到肩膀上。

老头子也在那里，背对着她们。他在把行李塞到车子下面的行李储藏处，一边还跟司机在争着。行李储藏处有些油迹，他要司机将其擦掉。"这位仁兄，这可不是我分内的事。"父亲举起双手以示无奈。他自己把行李打开，掏出两条内裤，把油擦了。他本想把内裤烧了，算作对这个夏天的一个纪念，可想想还是作罢了。他不想因此被赶下车。司机气呼呼地喘了口气，坐到方向盘后，按了下喇叭。扩音器里播出了通知。茜茜双手捧住妈妈的脸，她们嘴对着嘴，亲吻起来。父亲在那行李储藏处忙乎着。"祝你好运。"茜茜在妈的耳边低声说。她们又拥抱起来。茜茜的上唇还带着口红的印。

父亲在她们后头叫唤着："娘们，你他妈屁股不动起来，这车可他妈要开跑了。"

茜茜的手指在妈脸上摩挲着。她们又亲吻了——这回是在脸上——然后，我父母就走了。老头子的手指在车子前座上打鼓一样敲着，打出爵士乐的节奏来。车子发动，他头都没有回。他一遍又一遍，用吹萨克斯的腔调，说着："成啊！"仿佛纽约的夜总会已经在他喉咙间存在了一般。"成啊，成啊，成啊。"他手指接着在敲着。司机吭吭哧哧换着车挡，沿着另一条路而下，一条漫长的路，无休止地向前绵延，通向纽约。妈满脸是泪。父亲却根本就不去想。

我回过神来，穿过杰克逊洞。到处都是游客。集市附近，有场模拟的枪战表演，四周摄像机闪着红光。远处，树木挨着树木，一直绵延到山间。鸟儿在歌唱，标示着各自的地盘。我知道妈妈是找不到了，再者，我也快没钱了。我在蛇河边租了间小木屋。木屋摇摇欲坠，四周长满野草，几只野猫盘坐在院中的橙色箱子上，一架旧风车的残骸，上面木头已经被砍掉的发动机组柜。在木屋后头，我在长草丛里踩出一条路，一直通向水边。这里海拔很高，我都能看到卫星移动的轨迹，还有穿梭其中闪烁着的群星，我还看过一次月食，在月亮上形成了奇异的半影。

我伪造了个社会安全号，找了份清洗游泳池的差事，捞过滤器中的落叶，打氯气，然后用蓝边真空泵清洗，指甲下头总是有硅藻泥。到了冬季，滑雪的缆车沿坡而上，状若青虫，我给这缆车卖票。我给小木屋修修补补，修水管，爬山，散步，在河里漂流，眼看着生日一年年过掉。就这样一晃三年过去了，我还在想着妈。

不想库奇成了我的邻居。短短的黑发，一张脸仿佛脱胎于滴水嘴怪兽，上面到处是缝针的痕迹和伤疤——这些都是有次炸水库的事故留下来的。他和伊莉莎住在一个被废弃的火车车厢里。为了谋生，他们用倒下的木头制作凳子，卖给夏安市的礼品店。母子组合。我嫉妒他们能这么亲近。伊莉莎做凳子，凿着，刻着，修长的褐色手指，在木头上轻轻地移动着。库奇跟她学，模仿着她刻的图样。有时候他们一起开车出去，把广告牌砍掉，在树里钉铁芯①，把推土机毁掉，留下红色拳印。红色的拳印四处都是。就连瞭望塔上也有——头年秋天库奇带我参观了这座塔——

---

① 环保主义者在一些树里钉入铁芯，以破坏伐木者的锯。

他们在上面画了幅壁画。博伊森莓红，上面拇指指甲的颜色黝黑，模样复杂，手腕平滑地延伸，成为胳膊，越过树林和山峦，指向翱翔的老鹰之间，下面用黑色椭圆曲线体字写着："不惜一切代价捍卫地球母亲。"

我有时候会开着他们的小卡车，带着库奇和伊莉莎四处转，让他们去打他们的环保游击战。我自己倒是什么也没干，从来没有画什么拳头，也没有把糖倒入别人的油罐里，我就在这样的无动于衷中麻木着。

他们在犹他州砍了一连串的广告牌。一连串的广告，上面荒谬地画着企鹅，这种浅薄愚蠢绵延了无数英里，残害着大地。我坐在司机座位上，把车停在边缘，有一辆没有标志的车子追了过来，车顶有红灯在闪着。伊莉莎和库奇跳上了卡车后头，手上的乙炔火把还没熄灭，我赶紧猛踩油门加速开走。伊莉莎从摇下的后车窗里，伸出那褐色的布满皱纹的手，抓住我的前臂，紧紧捏着，直到我们在那一路的黑暗中，开到了平安地带。回到怀俄明后，她在我前额上亲吻，说随时欢迎我搬到她的车厢小屋里去，里头尚有一间空房。可是我喜欢独处。我一直都喜欢独处。

伊莉莎教我如何做凳子，她一边干活，一边跟我讲旧时的传说。我用凿子在倒下的树上，刻出复杂的图案来。她在旁边，天花乱坠地说着各样的故事。她给我沏了茶，我们听着古老的笛子音乐——乐声似乎让小屋子飘浮到空中了。她干活的时候，有时候我会久久地盯着她，她脖子上布满汗珠，在聚精会神之中眉头深锁。她默默地向我回看过来。

我走在暮冬的雪地里，突然看到了两只死去的土狼，挂在篱笆桩上。我向它们瞪了一会儿，然后匆匆回去找伊莉莎和库奇。他们披上外套，随我沿着小路走过去。伊莉莎把土狼从吊着的地方剪下来，把死尸拖回到她的小屋。她把土狼牙齿取了下来，做成了什么手镯——一颗牙齿很老了，咬残了；另外一颗还年轻，还很尖。后来，她和库奇把僵硬的死尸拖到了林子里，放在地上，让它们慢慢腐烂掉，回归到美国的大地里。伊莉莎对我说了些宇宙诞生的传说，说这世界是如何被嚎叫出来的。在那漆黑一片，唯有路上积雪亮光的夜里，我拖着沉沉的步子，回到我的木屋，拿出我的相册，又翻了起来。看相册已经成了我的一个习惯。

我会从椅子上站起来，走到门口，看着怀俄明的天空，听着创世般的雷声。然后再向前迈出一步，走到门廊边上，慢慢走进那些老照片里。

第一张是一条街，一条五十年代末，位于布朗克斯，自我封闭式的租住楼街道。街道是一死胡同，首尾相接，房子皆是红砖结构。路的尽头有点喧闹。这是个夏日，男孩子穿着泳装，在一个坏消防栓喷出的水柱子里跑来跑去。他们的头发短短的，身体瘦削，皮肤白皙。一个少年，胸脯上长出了几缕胸毛，在一大群人中间，穿过水柱，手臂和手指都张开着，嘴里发出咆哮，眉毛弯曲，肋骨清晰可见。这是一片天主教街区，女孩子不能穿泳装，可还是有几个姑娘在水中跑着。她们身穿长裙，裙子贴着大腿。在街边，有个橄榄球在空中，飞向一个模样惊恐的女孩。一个长着鳟鱼脸的女子，在水雾之外凝视。

照片的远景处，一群男女聚在一幢屋子的台阶上。只有当你走进照片，跨过那照片的边沿，走得很近的时候，才能分辨出他们的脸来。都是爱尔兰移民。一看他们的服装和表情便知。扁平的帽子，系着吊带的灰裤子。有一些人拿着烟在轮着抽，大笑着，弹上一手美乐琴，从夹克口袋里掏出酒瓶，将标签撕掉。他们想从瓶底重新找到盖尔维、都柏林、利特里姆和多尼戈尔。大家说过祝酒词，或正在说祝酒词。为那些拖着大包小包、行李边上还绑着岑木爱尔兰棒球的新来者干杯！为那些在布朗克斯上空闪着奇特霓虹灯标志的广告牌干杯！为那些放倒重量级选手的拳击手干杯！为那消防栓和蹦跳的男孩子干杯！或许还在为艾森豪威尔巨大的灰色身影干杯——他就要把一大块金属，送入高空① 了。

我走上去见他们，这些移民，他们都没有名字。可是我知道他们的工作——至少知道一个长长的清单，说起来那飞出的唾沫都可以装一壶了：修车工、用人、守门人、侍者、二厨、屋顶工、水管工、清洁工、洗碗工、锅炉工头、早晨做多纳圈的杂工、晚间保安、酒吧汲酒的、收破烂的、抓狗的、卖废品的、擦鞋的、文员、头盔上装着一根塑料三叶草的消防队员、庭院设计员、出租车司机、小贩、电话接线员。他们看着各自的孩子在水里玩耍。"那个小家伙，皮着呢。""你看她那小样子，怪叫人心疼的。""看那小子一头的头发。"这些男人想起了自己的少年时光。他们用猪尿脬做足球，可是在这个国家，足球变成了橄榄球，形状也变了，不再是圆的。他们的儿子常常穿着颜色鲜艳的高中夹

---

① 指卫星。

克回到家，嘴里说着一口陌生的语言，什么四分卫、擒抱之类。这些男子在想，那空中飞转着的球，能不能被人抓住呢？女人们看着女儿在消防栓边上跑，担心她们的裙子会掀得很高，新皮鞋会见水变形。一个母亲则担心球砸着自己的女儿，或许她心里想出了一个笑话来：女儿脸麻疹都没得过，又怎会得着球呢？

妈妈夹在两个胖女人之间，穿着白衬衫，扣子解到了第四个。弯腰时一个戴平顶帽的男人盯着看，想看到乳沟。不过那样子像是瘦小了点，不入他的法眼。妈在布朗克斯瘦了很多。她喜欢坐在餐桌前，把盘子上的食物推来推去，叉子划出尖细的声音来。她的双臂绵软无力。裙子后面臀骨突了出来。她的脖子如同褐色的大黄杆子，上面是长长的条纹。她的一头黑发披到了脑后，扎着红丝带。她坐在街沿最下面一级，双手小心地放在膝盖上，一只叠着一只。这双手已经洗了一天的衣服。她在给来自蒂珀雷里的一户人家干活，那家人的店门上，写着的"中国洗衣房"字样都还没有除掉，经常惹出歪眼黄皮爱尔兰乡巴佬之类的笑话来。妈的眼睛在盯着自己的双手。修长的、被水泡皱的手，都不知擦洗了多少个小时了。指甲下头还有白色的洗衣粉。指头尖肿胀着，皮肤被水泡松了。她的手被水泡出的样子，很是奇怪。指纹似乎更明显了，所以手指上环形显得更大，更容易看到了。手指上的地图。在远方，一个叫米格尔的男孩或许能把指甲下的泥存放起来，变成一件艺术品。那墨西哥的泥土，那一方厚土啊。

那天傍晚有推销员上门来推销护手霜。她买了一瓶。而今，晚上的时候总是有推销员上门来。他们留着短发，裤缝烫得笔直,嗓音高低把握得恰到好处。卖吸尘器的,卖磨刀器的,卖无线收音机的,卖厨房瓷砖的,卖水壶的,卖熨衣板的,大把的钞票进了他们腰包。这条街很适合推销。这里的人常常说着厨房里的新奇机器。手上的柠檬香升到她的鼻孔里。她很高兴买下这护手霜,虽然如今手头相当紧。钱这东西就像一群鸟,翩然而至,如同昨晚收音机里突然蹦出的霍吉·卡迈克尔的歌。在《古老的乳白色天空》这首歌的第一段,这鸟儿飞来了,在歌声中飞过,歌声停止,鸟儿便消失了。走的时候,在门口留下一片鸟粪。钱就是这群鸟,妈妈或许是这么想的。它不在的时候,你才会注意到它。可是如果你的钱够多的话,你也可以和无数人一样,离开,飞走。

有时候,会有搬运车开过来,在无数嫉妒的眼光下,把家具搬上去,开到布鲁克林、皇后区或长岛一些比较富裕的地区。这些地方路边都栽着树,停着汽车,或许这里有几个意大利人、犹太人,甚至还可能有自己的同胞。

妈低着头,看着手的时候,几乎面露笑容了。这也不是什么凄惨的笑,只不过神情中有些怅然。或许她在想自己到底在这里干什么,想着到底因为什么落到了而今的境地。想着是不是一方水土出一方人,想着快乐是不是跟土壤有关,想着一个女人生在一个国家是不是纯属偶然,想着造就了一方土地的天气,是否一样造就着深不可测的人心,想着悲伤会不会传染,爱情会不会萎缩。或许妈根本不是这么想的。或许她只是想着鸡毛蒜皮的日子,今天晚上做什么吃,用桌子哪一头熨衣服,什么时候找出时间来洗那白色桌布,要不要给丈夫那双镜头之外按着快门的手也涂些芦荟霜。

老头子如今在做热屋顶安装的差事，因为光靠照片没法糊口。他痛恨这份差事，可是也找不到别的营生。怀俄明的照片都被出版商退回来了，附着彬彬有礼的退稿信，甚至连个亲笔签名都没有。妈不想看他提着一桶热沥青去爬屋顶，这活太粗重了。她也不喜欢屋顶公司的老板曼甘，一个眼神狡诈的家伙，成天开着一辆旧福特车四处转，梯子从车屁股后突出来。公司名叫无尾熊 T 屋顶公司，公司办公室一侧画着顽皮的无尾熊，手上提着一只桶。曼甘给的薪水也不高，父亲回家的时候，妈还得把他前臂上斑斑点点的干沥青刮掉。"无尾个妈的熊！"父亲叫道。有时候他还骂骂咧咧，用拳头捶着桌子："我要搞摄影！不要干这×玩意！你懂不懂啊！"她还得宽慰他，有时候还站着让他去拍摄。她在想今天晚上他会不会多拍些，开心些。我站在她面前问她，你快乐吗，妈？她没有回答。可是神态里仿佛又有些什么东西，似乎在说，嗯，是吧，我想我快乐吧，可是换个地方我会更快乐。

我又从这群人中走开，耳边还能听见消防栓边那些蹦蹦跳跳的男孩的喊叫声。

妈的日子平平淡淡。有时候，如果不去洗衣房做事，她就坐地铁去纽约城，在第五大道的那些百货店里，试戴那些红帽子，走在那无边无际的香水、化妆品和华丽服饰之间。柜台后的女子很快就发现她不是真买，也就不过来招呼她了。她在这些商品间优雅地走来走去，摸摸这个摸摸那个，在那短短一瞬间将其据为己有，然后再次放下，走到街上，穿过人流车流，坐到圣帕特里克大教堂后面。寂静之中,她让自己转世投胎,不是转世成多浪漫的东西,或许不过是只白头翁吧。她会飞到家乡的电话柱子顶上,俯冲下来,把欧洲和印第安混血的神父手里的祭饼叼走,然后再次起飞,飞向那多彩的风中。重返家里。在那干燥的街上穿梭来往。做只鸟会何等奇异啊!让骨头空荡荡的,那感觉会何等奇异啊!

奇怪的是,她好久没有茜茜的消息了。茜茜上一次的来信,是在哐当当穿过平原的西进火车里写的。她是从货车车厢里,借着缝隙里透过来的光,草草写下这封信的。当时有个疯狂的红脸流浪汉和她分食三明治。信写得很短,妈一念再念,就跟教堂的祷告文似的,都能背了:我很想念你,胡安妮塔,继续微笑吧,这会让世界更美好,我会很快再见到你的。茜茜身上有种特质,她让日子值得往下过。妈常会想起她来——倒不是为着再次亲吻她,而只是想再次看到她,确信茜茜是真切的,确信过去真有过一段幸福时光,或许这样的日子还可能再有。

其他的时间,妈都默默地、循规蹈矩地在自己公寓里洗刷,整理,把东西放回原位。这一切她做得一丝不苟,也不乏自豪。说话的时候,她混杂着爱尔兰和墨西哥的声调很奇怪。大家似乎还喜欢她在身边。她能给大家讲故事,说起那些鸡,那个遥远的国度。还有那个火灾和瞭望塔的世界。可是她有她隐秘的一面——她卧室里的照片,藏得让人看不见,藏在那三楼蕾丝边窗帘的后面,旁边窗台上有时候会有鸽子做窝。丈夫只有在拍照的时候,心情才能平静下来。这些照片并不淫秽,一点也不。它们让他感到满足。妈付出这样的代价,算是很小的了,这也是对她的一种关注。他还爱着她。他还在把她的身子当成一座圣殿,只不过这圣殿,已经像是尖尖的宣礼塔了。

我如幽灵般穿行在这些照片里,试图跟她周围的人说话,而她仍然凝视着自己的双手。周围的人,忙着拿瓶子喝酒,梦想着那些家用器械,所以我从镜头里退出来,来到了街上。以后无论何时,照片上的那孩子都一直在蹦跳状态。我永远也不会知道,那只球被人接住没有。那鳟鱼脸的女人,一定会继续瞪着眼睛。

我走到了那死胡同的末尾,向手指在按快门的父亲点头。可是他没有向我点头回应。我又走了出去,走进一张黑边的照片里,走进一幕夜景。

那是一九六〇年,几个年轻人在和我妈跳舞。窗台下方,有人放了一台收音机,猫王的歌从里面播放出来,在屋子里环绕。年轻人欣喜地扭动着屁股。从这里看来,一个新时代来临了。他们的额上开始出现模仿猫王的鬓发。离妈跳舞的地方不远,有个兔唇的男子嘟起了嘴,仿佛是要亲吻月亮似的。那男孩穿着紧身裤,紫色衬衫,头上抹着发油,髋关节处似乎在转着看不见的呼啦圈。妈在打着响指。胡同四周到处都是选举的小彩旗,候选人的照片贴得墙上到处都是。绿、白、橙色的缎带挂在他的下巴上,如同山羊胡。照片上的是约翰·F.肯尼迪,一口完美的牙齿,与墙上的教皇和圣心像同列。这天晚上妈一定很愉快,她的腮上有喝酒后的红色,脸上化了妆,睫毛卷着,上面小心翼翼地涂着睫毛膏。她的眼睛睁得很大,眼珠子是褐色的。她瘦小的身子转动着,肩膀一端高过了另一端,胸脯贴到了罩衫上。我走了过去,去跳舞。这是个暮秋的夜晚,湿漉漉的,又热又闷。我也扭起了屁股。我纵情地舞动。她跟我说：你什么时候才把那愚蠢的耳环拿掉呢，康纳？我取下耳环，递给她。她笑了。

我问她，她说一切都没怎么变。洗衣房扩大了，增加了几个人手。有其他女孩在洗刷了。父亲还在修屋顶，指甲下头都积着柏油。他四十二岁生日是在布朗克斯的上方度过的，大家开着玛丽莲·梦露的玩笑，说着还就有人好热辣点的之类的玩笑。茜茜给妈写了信过来，里头狂吹大麻的好处，不过她还是没有来访过。茜茜一定会喜欢这里的，到了晚间还有这些活动，有蛾子在路灯下飞舞，舞蹈者像花束一样，围在收音机周围，屁股转动着，话语飞扬着。这地方适合她——只不过连茜茜也不知道，更新的音乐即将到来，它们如涓涓细流，从整个大陆慢慢流淌过来，带来新的观念，新的舞蹈。妈的额上有一颗汗珠。或许她等着这汗珠从脸上蜿蜒而下，好让她可以伸舌头舔掉。或许不是。或许她只是挥一下手，将它弹掉。或许这汗珠会永远留在那里，这样的一颗汗珠是在向人诉说：三十三岁那年，我也舞过，也无忧无虑过。

在照片之外，父亲穿着挺括的白衬衫，那上面还沾着酒吧的烟味。他的黑色领带打开着，长的一端伸到了腰部以下。头发已经稀疏了，耷拉在头皮上，如一道道犁沟。他很开心地看着妻子跳舞。他害怕生活变得古板。他不喜欢屋顶。有些日子，他会去找其他工作，去出版集团，去报社，不过顶多只能找些临时的差事。他只想做摄影，不过这种机会不是很多。这个世界在围绕着"假如"运转吗？假如他现在身在别处呢？假如他就这么走掉，再也不回来呢？

不过，现在，他还是喜欢收音机里传来的音乐。屋顶上的男子有时候会唱起猫王的歌来，大家最喜欢的是那一首《伤心旅店》。

他站在那儿拍摄这一张照片的时候，他的脚在敲击着，可是他必须把脚停下来，免得震了照相机。那闪光的一瞬，有上百万光的细胞从照相机里跑出来。我跑在它们中间，片片光彩簇拥在我周围，然后飘向另外一边，飘回到太阳从提顿山落下的九十年代。我不禁漫步往后走。这样的返回是我自己的诅咒。

他们的公寓有一间卧室、一间起居室，不过所有的起居都是在卧室里完成的。走进这样的私人领地，我感觉恶心，有种窥淫、偷窥的感觉。屋子粉刷成了淡紫色。时隔两年，这颜色都已褪去了原来的模样。妈穿着白色的夏裙，躺在他们从垃圾里捡来的长靠椅上。长靠椅有着卷曲的椅子脚，其状优雅，只是椅面显得破烂粗劣，里面的填料也四处露出来。妈躺在这靠椅上，仿佛这就是一女王的宝座。她的裙子故意从肩膀滑落，掉了下来，一只黑色的奶头若隐若现。这一镜头所含的性感意味，超过了其他所有镜头——这可能和镜头的不经意有关吧。妈瘦归瘦，样子还颇好看。她的脚伸在前面，仿佛她是在看着脚趾沉思。她咬着钢笔的一端，一张纸放在肚子上。我猜她是在写信给茜茜。我走了过去，看她在纸上写着什么：我很想念那些山火。你呢？茜茜最后发来的一封信很是古怪，里面对大麻大加赞誉。你的感受如何呢？妈妈或许是这么写的。我听说它让人恶心，是吗？笔的一端被咬得很厉害，仿佛她每次都把牙齿咬了进去。可是这幅照片里，她是在亲吻着笔，若有所思，厚厚的嘴唇噘在笔前。除了结婚戒指，她没有戴首饰。她的身子，还有那长靠椅，从照片里飘开了，还有那张纸，在微风中飞舞。

父亲喜欢她这样的造型，喜欢将其捕捉下来。他踮着脚尖喊着，好极了！好极了！就这样定住！他刚洗过澡，对世界充满好感。这镜头将会成为他的得意之作。他手指从秃顶上摩挲过，嘴里喊着：定住！或许他能把这照片放到某个先锋派摄影画廊里展出呢，他想，就这样向世界展示她。妈妈的十五年，在墨西哥、怀俄明、纽约。这个主意曾让他十分激动，只是最后无疾而终。可是现在，这个憧憬让他满心欢喜。

她的嘴唇亲吻着笔的末端，她很高兴丈夫不是在发脾气。窗帘里透过一些灰灰的光来，光线平滑而隐秘，照到一面蒙了灰尘的镜子上，似乎显得弯曲了。她不会一直在这公寓待下去的，她想，可是这公寓也不算太糟糕。她手上还抹着护手霜，让这手略显柔软。他们在银行里存了一点点小钱。她以前想也没想过的一些东西，如烤面包机和电视机，一个个填充到公寓的空处。街上甚至来了几个说西班牙语的人，来自智利阿塔卡玛沙漠附近。她和他们交往，帮他们看孩子。还有一些日子，爸爸会低声告诉她，会带她回墨西哥。她往后坐着，姿态轻松，写着她的信，我就让她继续这样，守在那样的宁静里，我父亲在喊着，就这样，胡安妮塔！对了！对了！

我离开了他们，离开了卧室，走进茜茜给我的一张照片里。

那是一九六四年。照相机一定是茜茜拿着，伸出手自拍的，因为这是个特写镜头，有点歪斜。照片上是她们的脸，还有衣服的顶部，她们的脸颊贴在一起。茜茜从旧金山一路搭顺风车过来了。她看上去很激动,眼睛向上,瞳仁定格在眼珠最上方。她去过天体营俱乐部,坐过弥漫着迷幻药味的大巴车,参加过反战的漫长游行队伍,参加了前一年把马丁·路德·金奉若神明的华盛顿大游行。这一路上风吹日晒,她脸上的斑斑点点更黑了。

她衣服下面,若隐若现地露出一件颜色鲜艳的 T 恤的一角。妈妈的头发披在肩上。我盯得出神,魂魄一般飘了进去。厨房里摆满了闪亮的盘子。炉子上有水在烧着。收音机里放着滚石乐队的音乐。妈和茜茜坐在桌旁,从那儿飘来了一股熟悉的味道。我吃惊地发现,自己在不知不觉地盯着一支烟卷在烟灰缸里燃烧着。茜茜抽过,或许妈妈也在抽,不过我有所怀疑。她们的话语滔滔不绝——茜茜要妈跟她一起过一阵子,哪怕只是去度个假,她们会去行路,或许还能遇见一些索诺兰① 流浪者,吃一吃佩奥特仙人掌,一起跨过国境。

"跟我一起走吧,伙计。"她说。

"你怎么叫我'伙计'呢?"

"有什么不好?"

她的邀请很诱人。这头发的相依,脸颊的贴近,魅影般的茜茜,再次出现在她的生活里。

"可是迈克尔呢?"

"他有什么要紧呢?"

烟卷夹在她双唇间,两人突然放声大笑起来。茜茜的头向冰箱扬过去。一个星期前,她还为这冰箱自豪着呢。可是茜茜引用

---

① 美国西南部沙漠,延伸至墨西哥。

了一个小说家的说法，说冰箱是"愚蠢的白色机械"。她这么一说，妈妈就不觉得它多有魅力了。茜茜说，吸着吸着她就饿了。她们又笑了起来。两人手搭在一起，一起看着镜头。

茜茜说："茄子！"

可是在这一切的背后有个秘密。后来，我将相框延伸，跟着她们走进客厅的时候，妈把这秘密跟她说了出来。

"我怀上了，"妈妈最后终于说，"迈克尔和我要生孩子了。"

茜茜猛抽了一口烟卷。

"不错啊。"她说，突然间，她的脑海里浮现了一条蛇一般蜿蜒曲折的路，从这里蔓延出去。她的手有一点发抖。"我为你感到高兴。"她出去了，坐在台阶上。妈妈留在客厅里。孩子已经有三个月了。我能想象到她用手爱抚地摸着自己的肚皮，跟肚子里还不会动的孩子说着话，等着那轻柔、宽慰的生命之音贴着她的子宫壁怦怦响起。茜茜进来时，红着脸，找到了在厨房做面包的妈。

"你跟我走。"

"迈克尔马上就要回家了。"

"他来了，也可以一起走。"

"我跟你说了，我要生孩子了。"

"你希望孩子在这臭狗屎堆里长大？"茜茜的手挥向窗户。

"不希望。"

"那就跟我走啊。"

"等我问过迈克尔再说。"

"得了，伙计。"

那天下午，茜茜离开的时候，妈妈在窗户上看着，口袋里揣着那相片。茜茜把自己的家当塞进一只手提软拖袋里。妈离开了窗前，或许她打开电视，收看了一场著名的游戏竞赛节目；或许她揉了更多的面；或许她盯着镜子里自己的长发，心想或许这是最后一次看到茜茜了。

宝宝跟茜茜学，来得迟，走得早。有天晚上，在混混沌沌之中，妈失去了这个孩子。老头子修屋顶回来了。他拿着个苹果馅饼，从公寓的台阶上走上来，那馅饼的香味环绕着他。他好不容易为自己一天所做的事高兴了一回。开门时，却看见妈躺在浴室地上，身下一汪血。他手里的馅饼啪地跌落。他的脚从血水里滑了过去。她已经昏迷了过去，头耷拉着靠着墙。他把她抱起来，轻声说："老天哪，老天哪！"他抱着她，走到街道上，一摊血迹蜿蜒着渗透到他衬衫上。他把她送到了医院。这死去的孩子让他们整整一年都郁郁寡欢。出院的时候，她把手放在肚子上。他们没说话。空气中有种倦怠的意味。有些夜晚，父亲会发现妈妈离开了公寓。于是他穿上系腰带的大衣，出去寻找，最后在医院妇产科病房找到了妈，她正透过玻璃窗看着一个个小宝宝。护士委婉地想把她劝开。她花钱买童装。她口袋里揣着一个奶嘴。有时候，她挣扎着想要不要去找茜茜。妈妈写了封信给她的好友："有时候我想要是跟你走就好了，可懊悔的药不便宜啊。"

老头子继续在屋顶干活，可是他们俩都知道得换个地方了。他们确实换了地方，去了爱尔兰的西部。父亲建议，这地方很适合妈妈康复疗养，而且银行里还有点钱，那边工作也好找。他可以搞摄影，还有一片地一直没有卖掉。他们还可以再接再厉，接着生孩子。他们是要有一个孩子的,或许两个,或许三个——她想要几个就几个。在此之后,他说,他们要去墨西哥安家。

"你保证?"

"我保证。"

"爱尔兰太远了。"

"我知道,亲爱的。"

"我们会没事吧?"

"当然了。"

"然后我们回墨西哥?"

"当然了。"

他们离开街道的时候,老头子为这一胜利得意万分。他双手提着手提箱,大摇大摆地沿着人行道走。他已经叫了辆出租车在街道末尾等他们。将这条街道整个走完,这样对老头子来说更富戏剧性。

在机场,他穿着一身灰色的毛呢夹克,胸前口袋里插着一只白色的犬蔷薇,他帽子上的那些兔爪子也都拿掉了。妈买了件崭新的草莓色裙子。她在飞机上高兴得眉飞色舞,空姐对她的口音感到十分惊奇。他们远去,又归来——过去总是远走他乡,这是第一次归来,回到德·瓦莱拉[①]时代那灰色阴雾还未飘散的地方。不过其时已经是一九六六年,也已经有其他一些阴雾在散开了。他们在香农机场遇到了些麻烦。妈没有签证,不过后来父亲用一

[①] 埃蒙·德·瓦莱拉(Éamon de Valera,1882—1975),爱尔兰共和国第一任总理,第三任总统。

张二十美元的钞票，买通了移民官，顺利过关。他回家了，自由了，又可以昂首阔步了。在机场里，他一直大摇大摆地走着，挥动着双臂，用脚推着放行李箱的推车。妈跟在他边上。他们坐车去梅奥。账户里还有些钱，不过地没有了。他们通过按揭贷款，买下了一处旧农舍。房前的院子里荨麻丛生，中间还横七竖八地扔着健力士啤酒瓶，农舍的窗户开裂，院子里还有一只旧浴缸，多年的紫藤向上长着。妈妈安顿了下来，她给人的感觉和他们新买的浴缸一样：闪亮，惹眼，但是格格不入。她是黑皮肤，镇广场上的醉汉都叫她小姐①。她从来不把头发剪短，哪怕它已经很长，或白得发亮。她去红砖的教会做弥撒时，总在头上围块头巾。她写给茜茜的信都被原封不动地退回。在美国，反战运动正在兴头上，茜茜游走于全国各地，脸上涂着花，宽腰裤遮住整双凉鞋，注射针愉悦地扎在她手臂上。可是妈对这一切一无所知，她只是等着她的回信。

妈在农舍里晃荡，眼睛看着沼泽地，一年又一年，日子漫长得像星期天，一直等着肚子里出现孩子的动静。四年后，妈四十二岁那年，我出生了。为保险起见，医生是让她剖宫产的。老头子在医院走廊里等着，轻轻地用鞋跟敲着地板，帽子搭在膝盖上，一晃一晃的。

他的面前整整齐齐地放着一排工具——银色金属片、紫线、金线、蓝色饶舌鸟羽毛、一些黄色海豹皮毛、火橙色颈羽、小小

---

① 原文是西班牙语，Senorita。

的金色松鸡羽毛、几根黑线,很黑,黑得像那河流。他挨个给我指认,手悬在每样东西上面。这些工具配件大部分是装在今早那个包裹里,由都柏林一家渔具店寄来的。

他说在幽暗的河水里,颜色鲜艳的钓钩效果更佳,大马哈鱼一看到鲜艳的颜色,就会游上来。

不过,他又说,让人不解的是,大马哈鱼在河里似乎不吃什么东西,它们的一些反应不过是条件反射——如果钓到了,你会发现它们肚子里什么都没有。它们跳出水面,也不是因为快乐,而是因为要快速跳起,把身上的海虱给甩掉。他又说,这些杂种狡猾得很,看到真家伙它们认得出,飞蝇钩要是做得不好,那就跟空袭时做"万福马利亚"祷告一样无济于事。

我拉过来一只旧箱子,坐上去,他身上那股浓浓的气味在我身边萦绕不去。

"也不要装得太花哨,"他看着飞蝇钩说,"不然吃水太多,不过大飞蝇钩钓大鱼,这全是个平衡问题。"

他有个结打不好。

"你要不要帮忙啊?"

"不要啦,我好着呢,这玩意我闭着眼睛都能做。"

他把两根饶舌鸟羽毛绕到了后面。"这是当尾巴用的。"他解释说。

我注意到,他的手比我的大很多。这手现在已经不发抖,在精准地完成着他手头的活计。他把飞蝇钩倒着放入虎钳里,弯下腰来忙乎,有时候戴眼镜,有时候不戴,看上去有些泄气。"×他妈的蛋,"他说,"来。"他递给我一把小小的剪刀,让我把长出来的线头剪掉。"来这里，近点。"我吃惊地看到，他根本没有抽烟。

他做出了飞虫的身子，又绕上长长一根羽毛，然后开始加工喉咙和翅膀处，在飞蝇钩两边分别放了根金色的松鸡毛。他把羽毛竖起来，使之更像翅膀。"你他妈尽量给我逼真点。"他说。我把锯齿钳、剪刀、镊子一一递给他。他一边接，嘴里还一边在数着这些工具。他把一根粗大的织补针插在雪利酒瓶塞子上，当成锥子用。还有一个顶针，是用旧唇膏套子做的。这唇膏一定是妈的。我每次递给他什么东西，他的头都上下点动，喘着粗气，含糊不清地道谢。可是其余的时候，他的呼吸沉静而平稳，整个人全神贯注地在做飞蝇钩——这飞蝇钩后来变得像一个小小的印第安头饰，珠子、羽毛、挂饰样样齐全。我想起了库奇和伊莉莎，或许有一天我会带个飞蝇钩过去，当作礼物送给他们。

他完成第一个飞蝇钩后，朝我竖了个大拇指。"这就行了，"他说，"我们看看那杂种能不能抵住这个诱惑。"他披着外套，昂首阔步，吸着鼻子，搓着手，在谷仓里走了一会儿。

他哼起了小调，哼着哼着有时候会哼成口哨。有时候他会停下来，把羽毛放嘴里，或是叫我把飞蝇钩上的糨糊擦掉，或是接过从一个孔里打了蜡的线，从地上捡起掉下的线，剪断，搓尖，在飞蝇钩的杆子上绕上线。他再次将嘴唇噘起来，哼着曲调。他跟我讲一些制作小窍门，如何将金属片系上，如何将颜色相互混杂，如何用黑线做蝇的头。这期间，那曲调在我们身边时高时低。时光仿佛伴着昆虫翅膀的节奏在流动——我突然惊奇地想起，昆虫的一生，其一秒或许相当于人类的十年。整个世界被打碎，进入视觉三棱镜下。这人生的浓缩，这瞬间的活力——而老头子有让时间伸缩自如的能耐啊！那哼唱声变得一成不变，陷入寂静，以至于我都感觉不到它的存在了。

一直到晚上，他才停下来，将最后一个飞蝇钩放到帽子里，戴到头上，说："我他妈饿死了，小伙子，走，我们走吧。"

他把其他飞蝇钩放在一个盘子里，盖上盖子。我们走回大屋，外头有些蚊蚋在飞——过去他能做蚊蚋钩的，他说，可是它们太小，很难做，他现在做不了了。

我做了些意大利面和面酱。"我他妈是不是很像意大利人？"他说。可他还是欢欢喜喜地吃了，说起飞蝇钩来，打开的话匣子就关不上了。他跟我说一百年前多尼戈尔有个老家伙第一个开始做这种彩色钩子，做的是蝴蝶模样，靠做这钩子发财了。他那时候把羽毛放在驴子尿里浸泡着以防它们褪色。那人将一只手别到身后都可以做这些钩子。有人专程把他请到伦敦，让他去做培训。在颜色发黑的水里扔彩色钩子，这是一个天才发明。父亲滔滔不绝地说着，只是咳嗽或者擤鼻子的时候停一下，然后接着又讲。其间，也不管叉子上往下掉的面条，他指着我严肃地说："跟你说吧，不管什么钩子，能钓到鱼的才是好钩子。千言万语就归结为这一句话。你做到天黑，说得天花乱坠，要是钓不到，那还是一场空。"

吃过饭，我们喝了几杯茶。他的手又开始抖了。他上楼去了自己房间，说第二天要去钓那大家伙。

我跟着他过去，发觉他又想在床上继续做一个飞蝇钩，可是他需要虎钳，他把木盘子放在床垫边上。

他把花床单围在四周。他开始对着他的旧手帕咳嗽，每次朝里头吐过痰后，还给整整齐齐折起来。然后翻过来，用手指摩擦，好像在把一封重要的信件装入信封似的。有一次，有痰迹从手帕一侧流淌出来，他把手帕打开，重新折叠，卷了卷边。他就像拴在了房间里一般，眼睛看看两面墙，看看天花板，然后又看看墙，那墙仿佛不堪屋子重压，已经扭曲变形了。我坐在床边。

"你听到了没有？"他问。

"什么？"

"有人敲门。"

"没有人敲门。"

"你下去，看看谁他妈在敲门，"他说，"或许那邮递员又来了。"

"这个时候？"

我走到窗边，将窗框抬起，伸头出去看。

"外头没有人。"

"我发誓我听到有人敲门。"他说。

"没有人。"

"或许是麦卡锡太太吧。"他说。

"不，没有人。"

"你就下去看看会死啊？"

屋子里突然满是臭味，我立马知道他为什么催我下去了。这气味弥漫在空中，掩盖了一切，他嘴里的酸气，没洗过澡的身上的臭味。他的床边有些火柴，他点着了一根，对着它咳了下，将其吹灭了，可是我知道他在干什么，而且即便硫黄味散开后，那臭气还在，悬浮在空中，尖刻地讽刺着他。

"你走吧！"他突然说。

他用一种几近戏剧化费力的动作，躺到床上，可是我告诉他我只不过想来坐一会儿。他的头摆了一下，仿佛被一只真虫子给弄烦了一般，然后伸手把床边的收音机打开了。收音机里说的都是外国战争和死亡之类的消息。他诅咒了几声，将其关上，又俯身对着手帕，咳出不少痰来。他的额头痛苦地皱着，手放在我手上，说："康纳。"

我说："爸，什么事？"

这是我多年来第一次叫他爸，可是他似乎没有注意到。

"装飞蝇钩，真是让人十分愉快呢。"

"是啊！"我说。

他的身子在床上动了动，找我要烟。

"我想你还是不抽的好。"

"你瞧，我好好的，行了不？一整天没抽，都破纪录了。"

"你这么抽会要命的。"

他又咳嗽了起来："那好极了。让它们就这么要我的命吧。烟在床边桌子上。"

我把手伸过去，发觉烟盒子是空的。他跟我说楼下有，他在洗碗池下面，偷偷藏了几盒，以应急用。他叮嘱我要找新藏的，因为其中有一些不知藏了多久，没准碰一下就断了。我还真鬼使神差地下去，找了一盒出来。这些烟藏在壁橱后面。我上楼梯后，他已经靠在了枕头上。"好极了，哎呀好极了，你这才像话嘛。"我学他求好运的做法，将一支烟在烟盒子里倒过来，然后又抽出一支递给他。他从来不用戴结婚戒指的那只手抽,总是用右手,把烟夹在手指间。

"当然,偶然吸上几口坏不了事的。"

我一直等他抽完,我怕他抽着抽着就睡着了,把屋子点着,又烧出一场大火,烧出对于过去大火的回忆来。他身子向后,躺了下去。我又听到他放屁的声音,可是我假装什么都没有发生。

"我明天去找莫罗尼医生来。"我说。

"不用。"

"为什么不用?"

"明天是星期天。另外,我也不想让人把什么东西插进我的肛门里。"

我笑了。

"有什么好笑的?"他问。

"哦,没什么。"

"我听说如今旧金山就有人这么干。"他说。

我有点吃惊,突然想到了在那座白色城市里的茜茜。"那是要干什么呢?"我问。

"把怪东西往里头塞吧。"

"什么意思?"

"沙鼠之类的玩意儿。"

他猛吸着香烟。"电视上说过这些。有天晚上我睡不着,一直在看。"

"现在看电视啦?"

他过了一阵子才回答,说话的时候把手放在太阳穴处,挠了挠一处秃斑。"时代不同了。"

"过去你恨电视的。"

"冬天的时候偶尔看看。"他的额头皱了起来。

"喝一杯热威士忌,帮助睡觉怎样?"

"不啦,"他说,"我现在这样就好了。"他将烟灰弹在窝着的手心里,然后让它掉落在地上。

我帮他把烟屁股掐灭了。他躺下睡觉前,坐了起来,头靠在我的肩膀上。我挨近他,把手放在他后脑勺上。他离开我肩膀的时候,我的 T 恤上有些痰迹。我不想动,可是他看到了,拿起手帕开始擦掉。

"我的天,"他说,"哎呀呀,我的天。"

他把身子翻到床那边,假装睡了过去。我拿起装满了飞蝇钩的木头盘子,开始自己做钩子,做了约莫一个钟头,想在钩杆上绕线,可总也掌握不了诀窍,那该死的玩意总是往下掉。这活计细致而精美,我简直做不成。我看了看他这一天做的飞蝇钩。它们都在那里待命,随时准备飞起来。父亲昏昏睡去的时候,我拿起一对小小的饶舌鸟翅膀,放在手指间,捻到了一起。

星期天　主啊，我记得

次日他一大早就起来了。太阳出来前，他在四处乱转悠。我听到他把窗户打开，向草里吐痰，又听到他走进厕所里，对着池子小便。我下楼找他。他冲我点点头。

"你感觉咋样？"

"感觉好得就跟中了大奖一样，"他说，"你看。"

他已经把木盘子放在厨房的桌子上，打开了，正在看其中一个飞蝇钩。"你看漂亮不漂亮？"

收音机里传来爵士乐，他过去调转钮，把声音调清晰了一些。他的头在空中一磕一磕的，睡觉时压着的头发翘了起来。他吃了点麦片粥、涂了果酱的烤面包，说他对今天钓鱼的感觉很好。他又伸手把那个飞蝇钩拿起来，举着。"你和我都去。"他说。一开始我以为他是要我跟他一起去钓鱼，可是接着意识到他根本不是在跟我说话，而是希望独自一人，他和他的飞蝇钩，所以我就由着他了。

他穿了件鼓鼓囊囊的绿色圆领套头衫，脖子上还打着条粗大的红色领带，和套头衫上部混搭在一起。在这身装束上面，他的头形如骷髅。

"穿得这么正规？"

"是啊。"他说。

他冲我耸耸肩。

他去河边之前,我半开玩笑地问他去不去做弥撒,麦卡锡太太说不定在等他,戴着念珠,围着头巾。可是他猛摇头,只说了句:"耶和华是我的牧者,我必不致要他。"①

我们站在门口,我告诉他说,我也不是那种常去做弥撒的人。弥撒就好比是属灵的栓剂。他歪着头点了点,以示赞同,然后打开门,转过来面向我,看了看渔竿,把它们横过来掉过去,摸了摸钩着飞蝇钩的夹克里子。他伸手过来跟我握手,可我还没来得及跟他握,他又悄悄缩了回去。我正要问他为什么这么做,可他转过了身。他把竿子拿起来,拖着步子,慢慢穿过院子,离开了。

他走路的样子很怪,每走几码,就停下来喘气,从身后把灰色裤子往上提一提,拖着步子接着走,抬头看看天,仿佛也要伸手跟天握手一样。我只是走了出去,坐在妈妈的墙上,感谢天没有下雨。这是一个晴朗明媚的早晨。

主啊,我记得。还在七十年代中期的时候,在一切还没有分崩离析之前,那些个早晨啊!

妈妈沿着巷道,在修建一堵矮矮的石头墙。她披着件黄色雨衣,银色的头发向后扎了个辫子,一直拖到腰部。她常跪在这堵没

---

① 改编自《圣经·旧约·诗篇》23:1:"耶和华是我的牧者,我必不致缺乏。""缺乏"和"要"在英文中都是"want"一词。

有修完的矮墙前,仿佛祈祷似的,有时候会唱一支墨西哥的歌曲。这墙修得不大好,可是把这片大地神奇地分割开来。墙上的洞,如湿湿的眼睛,盯着外面的原野。这是堵摇摇欲坠的墙。不是这个地方塌就是那个地方倒,高的高,低的低,歪歪斜斜,仿佛喝醉了般。不过妈妈喜欢修墙的过程。晨泳后不久,吃完了早饭,她就开始去修墙。我和父亲在河里逆流而游时,她站在那里看着,可是即便这时候,也能看出她急着去修墙了。我们从水里一出来,她就把手放到我腰后面,催促我到厨房,跟着我一路小跑,任由老头子留在后面。我吃早饭的时候,她就戴上蓝色的园丁手套,然后就在父亲头上扎着毛巾、冲进厨房之前,将身子侧过来跟我讲:"好了,儿子,我要动手干活了。"

墙从屋子延伸到大路,一共两百码,高度两英尺到四英尺不等,形状如蛇,快到大路的时候,都快要卷成一圈了,仿佛她希望墙一直延伸下去,可惜不能如愿,只好让墙自己绕起弯来。这墙看起来就如同一口灰色的牙齿。有时候,鸟儿会在石头的缝隙之间做窝。妈总是把墙的一些地方拆掉,然后重修,把大石头换成小石头,摆来弄去。男人们骑着自行车经过的时候,总是跟她打招呼,称她"小姐",她总是立刻纠正,说:"夫人。"他们于是挤挤眼睛,说:"随你的便吧,里昂斯夫人。"她于是接着弯腰修墙,把一块平石头挤进去,或是把一块尖石头边凿平。干活的时候,她总用一只褐色的手臂挡住眼睛,以免火花迸上来。到了午饭时间,男人们又凑过来,告诉她墙该怎么修怎么修。她用白色的大杯子给他们沏茶,认真地倾听,点着头,辫子甩来甩去,然后挥手要他们离开,继续照她过去的方式,顽固地、坚韧地砌着。这墙完全属于她,她想怎么修就怎么修。

干活干得尘灰满身满面的时候,她就会吐唾沫——这是延续了在墨西哥养鸡时的习惯。

这墙让乏味的日子起了些波澜——除了把衣服洗好,晒在外面,让它们向着沼泽地招展,除了洗堆在池子里的碗碟,除了给我准备上学的火腿或干酪三明治午餐,也没有别的事可做。那时候她快五十了。世界也变老了。回墨西哥前,这墙能帮她打发悠悠岁月。妈和老头子经常争吵。他们站在厨房里,挥着手,互相指着对方。吵闹声在屋子里回荡。有时候,他会挥拳砸向橱柜——那上面开始出现一排坑洼,如同木头上刀扎的伤口。他不觉得这墙有什么用处——除非蹲下来点烟的时候能挡个风,或偷偷在这里小便。或许他们还相爱着吧,只是这样的爱,性质已经和当初大为不同了——这是一种同情的爱,一种鲁莽的爱,中间没有魔力。他出去跑摄影的时候,一种灰闷的沉静就会笼罩在屋子里。妈妈会让我坐下来,跟我说话。有时候她开始会用她的母语说——我听不懂——她伸手摸着她一头灰发,将其拂到脑后,然后又开始用英语说。她说的这些故事零零碎碎,在我的脑海里穿插着,混杂着,都是用童稚的口吻,说给一个孩子的故事,故事里的墨西哥,仿佛就在路的末端。

在厨房里,她洗刷着锅碗瓢盆,从窗户里看着世界游走。汽车从前面滚过去,戴着头巾的女子清晨出去喝咖啡,邮递员的车子转来转去不停下,一群群的牛被棍子赶着走。

她唯一的朋友是欧列瑞太太。妈妈每周会有几个下午去她的酒吧——这酒吧是海船画主题,年久失修,嘎吱作响,就跟它的顾客们一样。到了夏天,她有时候带我一起过去。欧列瑞太太在屋后养了些鸡,有十多只。欧列瑞太太自己就有点像只老母鸡,红红的脸,下巴突起如鸡嘴,下巴下面是松松垮垮的垂肉。她那时候年纪已经是八十往上,身躯肥大,穿着一件玉髓色的裙子,胸前波涛汹涌,声音低沉,一说话就大笑起来。可是她的眼力已经不济,都无法辨别酒的商标了,有时候会把詹姆森误认成帕蒂酒,把布什米尔斯误认成爱尔兰迷雾,以至于酒吧里的男人怨声四起。这伙人就好比贴着海岩不离的帽贝,认准了一个威士忌的牌子就不肯换。她也看不清墙上的钟,走路的时候常撞着门框。《爱尔兰新闻》上,她只能看到大字标题。这报纸用来擦水泥地上的褐色酒印子倒是很管用。可是,对于欧列瑞太太而言,最大的打击是她已经认不出初孵出来的小鸡的性别了。这种辨认需要老鹰一般的眼力,需要经年累月的耐心,还需要对大自然随机变幻这一特性的认识。有个夏天的下午,她晃到我家来,告诉妈说:"听说你能对付阴间的事。"解释了一番之后,两人都大笑起来。

妈说:"当然了。我来看看这些鸡。"

妈于是给欧列瑞太太代劳,帮她看小鸡的阴部。她们到了酒吧后面,坐在木凳子上,脚在下面晃荡着,两人一起有说有笑。她们的咯咯笑声升腾起来,传进酒吧里。酒吧里的男人,每隔半个小时,等墙上没头的布谷鸟钟响起来的时候,就用拳头捶桌子:"再来一杯,爱丽丝,快点上。"她卖鸡蛋给这些男人。这些人就跟没有活力的小地毯似的,成天趴在吧台上,盯着布满灰尘的镜子,他们的夹克散发出霉味,裤子口袋里半露出手帕。可是妈和欧列瑞太太大部分时候都不管这些人,她们坐在后头,打发着时光，交流着各自生活的点滴：被人缝过嘴的何塞、罗兰多、米格尔、那遥远的地方的山火、特立独行的茜茜，还有外婆墨西哥院子里鸡的大戏。

过了不久，妈和欧列瑞太太开始创作自己的戏，把酒吧里的那些男人当成演员。

酒吧这伙人很是古怪，怕生活，也怕死，害怕有鬼踮着脚从他们的肾脏里走过。有个家伙留着海象一般的胡子，穿着闪亮的灰裤子，常从末端的酒吧凳子上滑下来，常常坐在地上把健力士酒喝完，嘴唇上方还有一截白色奶油。还有个孤僻成性的家伙，脸长得就像烤箱里刚取出来的面包，从自己的耳朵后头能拿出十便士硬币出来。有个家伙出汗的时候，身上会发出一股醋味。有个人趴在自己史密斯威客酒流淌出的一大摊污渍里睡觉。一有人咳嗽就引得大家一起咳，他们向自己手心里擤鼻涕，眼神迷糊地看着报纸，喝威士忌喝得筋疲力尽。"看在耶稣分上，谁把赛马版拿走了？""再拿一壶给我们吧，爱丽丝。""要不要搭顺风车回去？""我们家有车，不过都在美国。"

据我所知，他们一开始对妈挺好的——她一走进来，大家怪怪地猛按帽子，若有若无地挤挤眼睛，嘴里的假牙一上一下，充满淫荡的意味。大家赞美她的新裙子，恭维她唇膏的色泽。可是他们也交头接耳说着闲话，不久，各种谣言就跟风暴一样来了。风暴还带来了古怪的鸟儿——过去有一次，可不就有一只游隼从新斯科舍①飞来哩？她曾经是切·格瓦拉的情人。她是杰克·登

---

① 加拿大一省。

普西的情妇。她是中美洲贫民窟的孤儿。她是好莱坞落魄的演员。她是佛朗哥的女儿。她逃离了革命。过去她家在南墨西哥有座大庄园,可后来一次打桥牌给输了个精光。或许她只是老头子搞摄影的模特吧,或许还裸体给他拍呢。最后一个谣言——他们最终认定的一个——或许让他们的假牙动得更快了,让他们抖着手把杯子递到嘴前。

放学后,临近黄昏时,我甩动着书包,走进酒吧。妈妈的眼睛周围化着浓妆,她带着一种家里不曾见过的欣喜,来回晃动。回首这些往事的时候,我都能看出她和爱丽丝·欧列瑞太太像两姐妹似的。她们甚至在相爱——她们有时候手搭着手坐着,妈妈泥色的手指搭在对方复活节百合似的洁白的手上。欧列瑞太太会伸手摸我的脸。"他跟你就像一个模子刻的一样,胡安妮塔,你摸摸他这头发吧。"鸡们在园子里啄食,她们偶尔还拿一瓶巨大的烈性黑啤酒传着喝。欧列瑞太太喝酒,连瓶口都对不准,总会有一串黑酒,像项链一般,从围裙上挂下来。"啊,耶稣,我现在连谷仓门都对不准了,过去我撒起尿来,准得都能穿过婚戒呢,现在可好,桶口都对不准了!"

祈祷钟声响起来的时候,妈妈就会回家,给父亲做晚饭。烟雾腾腾的酒吧里,听到这钟声时,一个胖脸的小丑就开始念叨:"圣母马利亚,主的母亲啊,现在,还有十一点时 ①,为我们这些醉汉祷告吧,阿门。"妈和我,沿着狭窄的小路一起走回去,沼泽地上方有海鸥在飞,还有彩虹,冬天的星星早早地出现在东方

---

① 十一点是很多酒吧打烊的时间。

最初的夜空。她总是在想给父亲做点什么吃的，到了墙边她会停一下，再码上几块石头，然后才回厨房，有时候一个人在自言自语。

老头子在给一家农业杂志做自由职业的摄影师。他的生活已经缩减到了燕麦地、闪亮的红色联合收割机、尾巴上沾着粪的奶牛、正式委员会会议、产品首发式、全新包装的咸肉、穿着灰正装在会议上神情严肃握着手的男子。真是陈腐到了极致，对他来说毫无意义，毫无艺术可言，只不过让他将生活维持下去而已。他拍的这些照片登在乏人问津的报纸版面，有些画面实在寂寂无闻，连底下的副标题都能让他感到难堪。世界已经到了这般田地——他成了一个人到中年的父亲，在灰闷的梅奥农庄里过着乏闷的日子，耐心得好比等着新草来的驮马。他的妻子在修墙，下午跑到一个古怪的酒吧打发时光。她常说起她的故乡，常做故乡的梦。晚上他会有气无力地从前门进来，身上散发出陈牛奶和烟草的气味，叹气，在脸上粗粗地亲吻一下，问她在欧列瑞酒吧里喝的都是什么黑啤。他会在桌子周围转，手放在我的脑后，摸着我的头发："咱们小伙子今天怎样？"我会告诉他说，我在学校操场的足球赛上连得了三分。他把手放进短大衣口袋里，说："不错啊，小子，不错啊。"然后低下头开始吃东西，时不时抬头看看我，冲我挤挤眼睛，说："连得了三分？"这样的时候，我对他充满了爱，我敬佩他的大度。可是妈坐在桌子另一头，一句话也不说。她一直知道我放学后并没有去踢足球。

他带着一个笔记本，上面记着账。有时候他会在饭桌上说起我们的账务状况来，答应说不久就有钱，就能前往奇瓦瓦沙漠了。"是的，"他说，"再过几个月，再接个大单，我们就可以开路了。"妈妈的嘴唇会略略抽动一下，仿佛墨西哥就在这里，在她的嘴边，她可以品尝到似的。

可是最后，他却用这钱修了间暗房。他本来想用老牛栏，可是透进来的光太多，所以他从头开始修了一间。他租了台 JCB 牌挖掘机，挖地基。他让我坐在黄色塑料转椅里，假装让我操纵那巨大的黄色挖掘机。他用一个工业软管泵钻地基孔，放管道下去，自己填水泥，让我在上面写我姓名首字母的缩写。他偶尔雇几个帮手，大家带着一种讥讽的意味，叫他"老板"。妈妈给这些人送来茶和水果蛋糕的时候，他们做出夸张的欣喜状。"老天，里昂斯太太，这个我要是放到脑袋上，都能用舌头把脑袋给舔破哩。"

有一回，老头子去镇上买沙，妈妈正低头修墙时，我听到有人冲她打口哨。她站起来，冲他们笑笑，挥挥手，那些男的于是又垂下头，接着干活。

在下着毛毛雨的凉爽夏季，父亲脱了衬衫，昂首阔步地走着。他的胸有些下垂了，所以有时候他会掐一下自己的奶头，使之显得坚挺些。我现在还记得他有时候会故意吸肚子，还把手放在腰部赘肉上，以显得瘦一些。他那种夸张的气质还没有退尽。在屋顶上他把锤子举得高高的，手臂戏剧性地竖着，好显出他的肌肉。他招摇地使着电钻，手指还摇来摆去，告诉我这电钻怎么用。他开始把头发横着梳，好遮住大片秃顶，可是这种控制还是很不得力。时间一长，头发就掉下来，垂向肩膀。于是他舔舔手指，又把头发给抹回去。

暗房的屋子是模块式，用水泥砖做成，一共两间，中间用木板隔开，墙上没有窗户，平屋顶，隔热做得很好，处处做得都细致，确保没有光从门下面透进来。他在墙上钻孔装上了螺丝钉，以便能钉上文件柜和架子。他把水电一一引了进来，还装了应急电话线。他把这屋子叫作"古拉格"，这个绰号简直有些预兆的意味。第二扇门总是锁的，他在上面牵了根线，拉一下，锁就弹开，把门打开。吃晚饭的时候我会过来叫他回去。他总在里头整理一阵子才把门打开，我能听到纸移动、抽屉关上、盒子盖上的声音。然后他会拉线，露出他这个小小的、平庸的世界。在一只红色灯泡下，一排排相片挂在线上，未曾剪裁的弗里斯兰奶牛照片，或是什么干酪广告。他会用一条红色小毛巾擦手："今天晚上是不是又做薯片了？"

这是句老话了。

一天很早的时候，我听见老头子砰砰砰地走下楼。厨房里生着火，薯片锅烧着了。妈站在屋子中间，瞪着它，金雀花颜色的裙子上，那双眼睛熠熠生辉。她都没有看到他过来，只是瞪着那火的跳跃。"我不过想做点吃的，"她说，"我睡不着，你看，我最近睡不着。"老头子用网眼背心的下摆包住锅把手，从厨房里走过，嘴里含含糊糊地偷偷骂着什么，然后冲到外面院子里，把锅子扔到长长的草丛里，好让夜间的露水把火灭掉。最后几颗火星鬼魅般在草里跳起。他走进屋子，他舔了舔烫伤了的掌心处，将一个橙子切成两半，来消除伤口疼痛。

"娘们，你他妈是不是脑子进水了？谁他妈会深更半夜地吃薯片呢？"

她站在炉灶边，挨着水壶，一动不动，仿佛她自己就是个水壶，一只手向外弯着，如同壶嘴，脸色煞白，慢慢地用脚后跟转过来，一字一顿、带着种哨子般的声音说："不过是个小错误而已，迈克尔，我们谁不犯错误呢？"他看看我，眼白上布满红浆果树小枝一般的血丝，手指擦了擦一个眼角的一点眼屎，然后挠了挠肚脐眼，仿佛想记起什么本来也无关紧要的东西。他的舌头在嘴唇周围绕了绕说："还有你，小伙子，这个时候，好孩子都该在床上睡觉的对不对？"

他牵着我来到过道，吻了吻我的额头。我拥抱了他一下，怀着爱恨交织的复杂心理，上了楼梯。"别担心，儿子，"他说，"你妈就是有点累罢了。"

那天晚上，我听到他们在楼下争吵。从此以后，我去暗房叫他回来吃饭，他都问："今天她是不是又做薯片吃啊？"

在有些电视节目上，女人在锅灶前做饭，男人会从身后过来，抱住她的腰，甚至帮她翻锅里的菜。我在想，为什么咱们老头子不这么对妈呢？两人各睡各的，甚至都不像其他父母一样，一起去做弥撒。情人节那天，我送了他们俩一样的十字架，都是用圣布里吉德节剩下的芦苇做的。他们在不同时间分别到我床前来谢我，父亲给了我一英镑钞票，妈妈给我送来一杯热巧克力。他们生活在彼此无法交集的不同世界。我能想象，他们每天在屋子里抬头不见低头见，但是父亲敞开的上身睡衣，可能都碰不到妈睡袍上套的毛衣。我送的两个十字架，分别挂在两个相对着的窗台上。

暗房的屋角四周长满了野草。我想闯进去，可是他锁得死死的，也没有窗户可爬。有一次，他出门一个星期，我想从后面挖条隧道。我想象自己是个形容憔悴的囚犯，要闯进他的古拉格。我胸前挂着圣像，下面晃着军功章，我用小泥刀在那堆杂物中划拨着，而他拿着步枪，在我上方的高高瞭望塔。可是我只能挖到地基石。他回来后，问我那洞是怎么一回事。我跟他说，我看到有条狗在后面挖。"下次看到了，儿子，你就拿根棍子把它赶走，好不好？"我后来放弃了。不过有时候我会在他口袋里找钥匙，每次都无功而返。

老头子跟斯文福特肉联厂当老板的一个大亨交上了朋友。欧·肖内西的花岗岩灰正装口袋里总揣着瓶子在晃荡。他大鼻子，大肚子，开着名车，晚上很迟的时候会开到我们巷子来，大声地按喇叭，喊老头子出去喝酒。妈恨欧·肖内西。每次他到我们家，妈都避而不见——他总是想碰她衬衫的袖子，用欧洲大陆的方式行面颊吻礼。他有时候来了，妈就出去，去墙那里修修补补，哪怕是晚上，哪怕天已经黑了。老头子和欧·肖内西总是等酒吧关门了才回来，他们一起坐在客厅里，不时哄堂大笑，笑声在整间屋子里回荡。

有一两次，他们在楼下时，妈就进到我房间里来，坐在窗边。她什么话也不说，就是看着窗外，看着外头的天气变幻。她很怕这冷，怕这不时会有的阴天，怕这渗入骨髓的阴冷。她经常套上好几件毛衣。到了早上，她到客厅把火升起，她会把水壶放在边上，用那热气烘手。就是做早饭的时候她都戴着手套，牙齿总是在打战。她每次看到雪仍感到惊奇。冬天的时候她会看着雪人慢慢瘦下去，瘦到最后只剩一根胡萝卜和两颗当眼睛的卵石。

她会把身子蜷在外套里,在地上跺着脚,看着我们呼出云一般的白汽。鞭子一般的风最让她感觉崩溃——她总是在留意风暴的到来。大西洋的巨浪打过来,带来飞沫,河里的树如同磕头一般,向着河岸点着头,各样的垃圾也都漂动了起来。有一次的风暴对她来说是一个祝福——是从撒哈拉吹来的沙尘暴,带着土,红色的土,从北非一路吹来,降落在大地上。车子、屋顶、大门、墙壁、靴子、前门附近的树叶,都蒙上了细细的尘埃。她接连几个星期不擦窗户,惊奇于这红尘在她生活中的重现。她伸出手指从窗台上抹过,然后举起来给我看:"你看好不好,儿子?红色的风呢!"

欧·肖内西和我父亲开始出国,主要是去比利时和法国,好像和欧共体的什么牛肉交易有关。父亲给打着肥大而花哨领带的欧·肖内西拍摄他参加大会的照片。他们一走就是两个星期,妈会在我卧室窗户边的柳条椅上睡着,身上盖着三条毯子。

有一天晚上,爸从法国回来了,带回两个纸箱子。那天天很冷,地上落着霜,屋子里所有窗户都关得严严实实,院子里的知更鸟在疯狂地抢着一些碎面包。欧·肖内西先生把爸爸放在我们前门口,冲穿着毛衣站在窗前的妈打了个飞吻。妈转过身去。老头子把箱子和手提箱拖到门廊上,脚步小心翼翼地避让着地上的冰。他在那儿坐了一会儿,那些箱子就在他脚前。妈妈让我去叫他吃饭——这一次他没提薯片。他冲进屋子里,把大衣随手一丢,里面只穿了件白衬衫,将头发在秃顶上梳了梳,用一点唾沫将它贴顺,然后将手提箱放在餐桌上。妈低着头,看着鸡蛋和沙司酱,两只戴着手套的手在搓着。

"两副羊尾。"我父亲说,他的手轻柔地在她脸上碰了下。

她吃惊地抬头看了看。他回到外面,把纸盒子从门廊拿回来。尽管寒冷,他的胳肢窝下还有两颗大汗珠。他把两个大盒子放在厨房桌子上,头一点一点的,转身告诉我说应该去游泳了。"他会冻死的。"妈妈说。我父亲挤挤眼睛:"不会的,他没事,都大小伙子了。"老头子的眼神有些特别。我上楼,拿了两套泳衣下来。我在前门等他。我把泳衣举起来,可是他挥手示意我走,叫我自己去。他拿出刀,开始割纸盒子上的绳子。我在窗口等着。

"这是给你妈的礼物,"他说,"你先去,我等等就来。你把外套带上,从水里出来时裹紧点。"

我们经常在冷天游泳,不过总是在早晨。等刚下水时那冷劲过了,我就感觉身子周围又增加了一层皮肤。我逆流游的水平已经提高了不少,不用再抓着白杨树的根了。我游了大约十分钟,让水将我往后推,到了河边的池塘,扯了根空芦苇,潜到水下,用芦苇呼吸着。水下是一个奇怪的绿色世界,开阔、神奇、黏滑。我一直沉下去,水漫过芦苇,从芦苇里灌下来。我将芦苇扔了,我的呼吸也随之变成了气泡向上跑,我往下沉,感觉如盲人在游泳,水压迫着我的胸膛,我把双手向外伸开。我坐在河底的石头上,直到那痛苦变得近似平和了。我的肺剧痛,于是我向上浮,重新浮出水面。

那时候肉联厂刚刚建起来,河里还没有漂浮的动物内脏,不过我已经闻到一些异味了。我在河里扑腾了一会儿,跟一只鸭子打招呼,然后出来,披上拉链坏掉的厚夹克,在脖子上围了条毛巾。我从河岸边回来的时候，妈又在墙边了，穿着她的大衣，还有三件毛衣。老头子人影都不见。我走了过去，站在她边上，我的头发还在滴水，牙齿在打着战，我想跟她讲自己游泳的事，可是她只是叫我进去，用毛巾把我身上擦干。她看着墙上一处要塌的地方，那地方就像是灰色的牙床上掉了一颗牙齿似的。她看了很久，看得很专注，跪下来，捡起地上的一块石头，想给插进去，插得很用力，可是无济于事，还把一个指甲弄破了。她用西班牙语说了句话，我没听懂，她嘴里仿佛有蛋糕似的。我想她这可能是冷的。她的身体开始颤抖，一开始是静静地颤抖。"我开始还以为能撑起来，"她自言自语地说，"这多容易啊。"她又想塞块石头进去，可是石头突了出来，她的手指抖起来。她用膝盖抵住石头，但石头还是纹丝不动。她站起来，浑身发抖。

"我万万没有想到是这个结局，儿子，"她突然说，"我总告诉自己，不会落到这个结局的。"

我那时候十岁，还以为她是在说墙上的洞呢，所以我说："没事的，妈，我们明天接着来好了。"

人的行动会前赴后继——每一个时刻都会成为铺垫，引向梦魇般的那一刻。倒不是因为做了母亲，或是因为岁月流逝，故而身体日渐萎缩，妈妈的身体全然变成了另一种东西，以一种奇怪的方式毁灭了。这倒也不是因为老头子的行为一时古怪，肆意妄为，或处事冲动——若是这样，倒还容易接受一些。可是他一定是规划了好一阵，我想。他希望建成一个纪念碑，一篇自己的墓志铭，一束光辉，不可磨灭地照在他的生活上，向世人宣称：我过去也曾伟大过，看看我拍的这些伟大的照片吧，看看它们多完美啊，看看我过去的生活，我过去也是充满活力的！或许他费了不少力气整理这本摄影集，或许他曾专心致志地翻阅了他这些未剪裁的照片，或许他真的相信这会重新开启一切，或许他觉得这是一种爱的姿态——让她看着这些照片，记起过去的自己，重新审视自己。

可是除了她的生活之外，还有别的东西被展示出来——她身体的一个个瞬间。她的脖子、胸脯、肚子、腿部、脊梁、痣、阴毛、脚踝、眼睛，还有蚊帐下方她乌黑的头发，在火警瞭望塔附近，在松树杆做的营地里，在布朗克斯黑暗的卧室里，它们呐喊着，寻找着一种空间感，迷失在画册廉价的封面封底之间。

卡斯尔巴狂欢节的晚上。我十一岁。老头子还是阔身材，大骨架，可是比以前胖了些。一个夏天的晚上，一群男人站在星罗棋布的灯泡之下，穿着白衬衫、灰色马甲，打着硕大的红领带，聊着天。他们的手指摩挲着日渐稀疏的头发。有些人在深情地看着一个姑娘，她穿着黄绿色套头衫，口红鲜艳如花，正在一个摊位前卖太妃苹果。其他一些男人站在边上，对着另一个摊位扔飞镖，心里总想着砸中红桃 A，好赢得一小瓶派蒂酒，或里面有鲜花图案的烟灰缸。他们的妻子提着塑料袋在闲逛，塑料袋里装着快要闷死的金鱼。大轮子——现在回想起来也没有多大——的上面，与我年龄相仿的男孩子透过轮子前齿缝隙，向下面的看客射出自己的唾沫。我想上去和他们一起，可是妈叫我跟着她。她和老头子又吵架了。他在四处走动，戴着平顶帽，嘴里骂骂咧咧，手在拍照片。可是过了一会儿，他又来到我们跟前，肩膀上挎着相机，问妈要不要去坐一回那旋转飞椅。她点点头，笑了。这笑容让我惊呆了。我们在屋子里已经沉默好久了。妈妈已经不和他一起在桌子上吃饭了。她开始睡客房。他们谈话的时候，老头子只不过耸耸肩，如若抽搐。她大部分时间在砌墙，眼睛下面巨大的黑眼袋鼓胀起来。我猜他们只是为了我，表面上还装装样子，两人之间已经没有其他的纽带了。

妈妈给了我几个便士，让我去买太妃苹果。摊位边的那女孩脸色白如泡沫塑料。我看着老头子把妈妈放在椅子上转起来，每次她转过来的时候，给她摇晃着椅子，身子向她侧过去，跟她说着什么。有一阵子，我都看到她笑了。我简直不敢相信。她的裙子向上飞扬。雪纺绸围巾从她脖子上向后甩去，衬着那围巾，能看到几缕白发，还有那口皓白如铯的牙。转椅在转圈，越转越快，如若陀螺。每次转过来的时候，妈都斜过身子，面带微笑，跟爸说点什么。推她的时候，他就在笑。可是突然间，她不再侧身向外了。

一群大男孩聚在底下一个帐篷边，指着妈。她的裙子在飘动，在那飘动之下，她瘦瘦的腿部也向外甩动，露出她的内裤来。她的脸唰一下就白了，举着拳头压住裙子，不让它往外飘动。在转的时候，她从椅子上侧身向外，对着老头子，或许吐出了一串恶言恶语来："见鬼去吧，迈克尔·里昂斯！"老头子突然离开了，转椅带着妈妈向外，向着孔雀石一般的夜，然后又转向麝鼠色的泥泞土地，那上面的脚印密密麻麻，一圈又一圈，一圈又一圈，然后渐渐稀散开来。妈的裙子现在已经固定，已经用膝盖压住了。那群男孩子笑着走开了。老头子走到大力神机器边上，嘴里叼着烟，烟竖叼着，就如同一架竖到下巴的梯子。他那长长的一绺头发，也都用百利剃须刀修过了。

妈从转椅里爬出来，把裙子后摆理了一下，把长筒袜从膝盖处往上提了提，她的声音如同梭子，穿插于狂欢节的音符之间，最终再一次发出来："来吧，康纳。"她跟我说。我假装听不见，把太妃苹果放在夹克里面，以免被转轮上的小孩子吐上唾液。在拙劣模仿出来的星幕下，各种蛾子在狂欢节灯下飞舞。

我看到老头子向着大力神机器，大步流星地走过去，就仿佛他刚从某个烈性香烟的广告里走出来一样，晃着肩膀，仿佛周围一切都绕着他转——即便我恨他的时候，我都喜欢他走路这种气派的样子。妈妈从另外一边走了，经过了那些帐篷和褐色的破瓶子。我站在他们之间，在太妃苹果之间，听着一个人在弹六角手风琴。我走到妈身边。她正穿过海一般的衬衫、游移的眼神、醉醺醺的面孔。我还没有到她身边，那双手，褐色、纤细的手，就已经习惯成自然地向后伸了过来，抓住我的手。我抓住她的手指。狂欢的泡沫向外扩散，渗透到远处镇上的光里。我的身后，老头子站在机器旁，举起那硕大的锤子，衬托着一个红白两色的帐篷。妈和我走向停车场边缘的时候，狂欢的喧嚣声黯淡了下去。我听到了大力神铃铛的颤音，想着这是不是爸爸打出来的。妈和我踩着地边的野草，来回转着，等着他过来，开车带我们回家。我能看到帐篷里还有男孩在偷窥。

她那时候已经出名了。

当然，这些画册在爱尔兰是禁书——一开始，在任何地方都找不到，除了他的暗房里，或许欧·肖内西也有几本。或许就是欧·肖内西把这些画册给人看的。或许是一些移民到欧陆的人在一些无名的小书店发现了，用上面贴着精美邮票的信封给邮寄了回来。年轻人在某个巴黎小摊上遇见了这画册，小心地把封面掀了掀，突然心跳加速，头回过去，从瘦削肩膀上方往后看了下，然后大胆地把封页翻了起来。或者是在列日①某个小巷里，某些醉醺醺的恶棍在那粗糙的封面上认出了他的名字——这些人的大衣口袋里都有洞，能一直伸手下去，摸到自己硬硬的阴茎。或许是一些鬈发的画家，一些在某个罗马广场的落日下疯癫着的家伙，一些活在奇异梦境中的人物，喜欢这些原原本本的照片，为了避开审查，用牛皮纸包着，寄了回去。

我曾经见过一本。那天老头子出门了，暗房的门没有关。我看到角落里堆了二十来本。一开始我无法理解拍的是她。我只是翻着书页，一股强烈的恶心感从心里升起。我又翻了一次，手在发抖。我记得好像有空气从我体内被抽走了，我有种干呕的感觉，觉得世界在体内翻腾。我把门砰地关上，害怕回家了。那天晚上我做了个梦。那画册放在咖啡桌上，学校的老师在家里。他们拿起书，笑着，对比着不同的镜头，用粉笔头在画页上比比画画，一个老师时不时在她胸脯周围画圈。我不断地把书抢过来，放入壁炉边装煤球的桶里，以免他们看到从咖啡桌下跳出的大腿，或从一盘饼干下冒出的奶头，或从茶杯下面做挤眼状的肚脐眼。可是这些老师一直跟我发出啧啧声，又把画册拿过去，有的

---

① 比利时城市。

还高高举在空中。校长举起一根巨大的竹拐杖,我突然醒来,浑身发抖,走到楼梯平台,弓下身子,想着用什么法子治死父亲:让他喝化学药剂,把他捶成黑泥、白浆。

这些画册在镇上传开了,起码是有关于画册的说法传了开来,整个小镇活了起来,邮递员出名了,电话接线员也成了大忙人。赫尔利神父甩着袖子捶着桌子,发出了不指名道姓的威胁,说:"明白事体的人有福了,我们必须把污秽的东西赶走,赶走,要我说的话!"住在泥炭沼的那些男人听说了这些照片后,赞美父亲有双勇敢的眼睛,他们在那古老的泥土之上,向他脱帽致敬。屠宰场的工人,身上溅着血,溅着屎,经过我们家的屋子,向父母卧室的窗户上看着,希望能看到一眼,可是从来未能如愿。早晨去喝咖啡的女子当然也飞短流长起来,她们牙齿上沾着口红,快嘴快舌地说起这些新闻来。

"你听着,听说这种照片是在浴缸里拍的。"

"鬼信呢。"

"我向上帝发誓。"

"你是蒙我。"

"才不是。"

"嗯,那水费账单可不得了。"

家里再也没什么钱了。老头子肯定是自费出了这画册。他现在也不看账本了。晚饭的时候,饭桌上除了无言还是无言。去墨西哥的主意泡汤了。

欧列瑞太太还是支持我妈。妈妈还是常往酒吧跑——总是低着头,在酒吧凳子纷纷转动之中,在酒吧里飞快走过,直接进到养着鸡的后院里。那些人一定是在开玩笑:"阴毛太太来了。"那个老鼠脸的小丑或许在说:"你看她这风风火火的劲儿!"我想他一定是很过分了,因为欧列瑞太太后来禁止他来酒吧。在吧台上方,她那肥大的手一挥,说:"你们就他妈别惹她了!这种事换我也干,不就光个屁股吗?只不过大家会笑,会吹口哨继续索要罢了。"

我仍然是放学后去酒吧找妈,直到有一天的下午。那天,鸟儿扇动着乌黑的翅膀飞在空中,风吹动牧草,硕大的雨点穿过栗子树砸下来。我把那厚重的门推开,迎面而来的是缭绕的烟雾。那个长着海象胡子的人从吧凳上滑下来,醉倒了。他看着我,仿佛对我的存在感到吃惊似的。他向我勾了勾食指。"你过来一下,你,"他说,"过来这里。"然后斜过身子,向我挤挤眼睛。他的嘴里发出忍冬烟的霉气,眼睛就仿佛刚被咬过、失了色的苹果,那小胡子蓬蓬松松,挡住了牙齿。他挪到吧凳上,四周看了看,伸手向前,从自己放在柜台上的午餐盒子里,突然掏出一张妈的照片,就好像从帽子里掏出兔子一般。他把照片举起来,看了一会儿。他把胡子末端的健力士啤酒舔掉,用指头转动着照片。他叹了口气,冲我笑着说:"看看这个,看看这个,你看看这个好不好。"我看了看,妈妈在上面,乌贼一般黑的眼睛从床上看过来,床上面挂着白蚊帐,旁边有一个旧灯笼,再旁边是一幅花朵的画,墙上有裂缝——墨西哥。那海象胡子的男子将她在手指间转动着,在那午餐盒上面哼着小曲。我瞪着妈,那人吃的莴苣和西红柿三明治把她的胸前弄得潮乎乎的。

欧列瑞太太就如同一条出笼的灰狗一般,从吧台后冲过来,狠狠给了海象胡子一个耳光,接着又扇了一下,扇得那人的头跟木偶似的两边转。那耳光的声音整个酒吧都听得见。"看在耶稣分上,你他妈给我滚出去!"她吼道,然后又为这种亵渎的话求神开恩。"对不起,天父。"她向着天花板说。她把我拥到她那阔大的胸前,将我抱住,然后转向从院子里赶来的妈,说:"我想你以后别让小子到咱这儿来的好。"

欧列瑞太太用她那阔大的裙子的黄玉色袖口,擦了擦我的脸。她同时又拿过来一瓶健力士酒,灌了一口,那酒从她裙子前面流淌下来。妈在帮我整理我的厚夹克,想把那拉链的齿对上,拉起来,她的手在抖。妈妈抬头看了看,忧伤地说:"是啊,爱丽丝,我想我还是把儿子留在家里吧,是不是?"

大雁在大地上空,飞向大海方向。长长的脖子伸着,翅膀向着天空扇动。在头顶上飞的时候,它们的翅膀发出一种独特的声音,如同步枪的发射。它们伸展着翅膀翱翔起来,最终降落在远方什么地方。十分壮观。

不知怎的,我起了床,回到屋子,去沏上一壶茶,然后去河边,看他情况怎样。等我到了河边,茶已经洒了些在盘子上,把一两块饼干都弄湿了。我拿起一块吃了。这饼干化在嘴里,感觉就像星期天的圣餐饼。他在一把红白两色的休闲椅上睡着了,钓竿掉在他的脚边。所有那些垃圾,都浮在水面上没动,那块泡沫塑料还在上周的地方,卡在了芦苇间。我在想,我应该在明天离开之前,把河面清理一下——可是我只是坐了下来,看着云卷云舒间河水色彩的变幻。

老头子咂着嘴——就像茜茜说的一样，或许是在吃自己的梦吧。

可是他的呼吸不怎么规则，我靠了过去，用脸感受着他的气息，确保他没事。他用鼻子呼气，声音很大，很不均匀。我本想过去把他喊醒，摇他的肩膀，后来想想算了。我坐着，喝着茶，又吃了几块饼干，突然生出一种古怪、绝望、荒谬的念头来——或许我该趁他睡着的时候，喂他吃一块湿饼干。

妈把衣服给扣得严严实实，即便是我们去海滩的时候，事实上去海滩时尤其这样。一片长长的、干净的沙滩，边上是岩石，夏天遇到十来天好日子，沙滩上会零星摆着帆布折叠椅、浴巾，还有在空中飘着的彩球。种田种地晒得皮肤黝黑的农民把火柴的顶端扎进地里，向空中悠然地喷着烟。大一点的男孩拿着望远镜站在沙丘上，巴巴地指望着看到海豚、幽灵船、行将淹死的人，或十分暴露的比基尼。

沿着海滩靠岩石的一边，我看到一个中年吉普赛人牵着一头毛驴，我曾在镇上见过他。在他旁边，比我大一点、在上中学的吉米·唐纳利在骑着摩托车，骑得很慢，没有戴头盔。唐纳利和吉普赛人互相点头，车子转过来转过去，沙地上的车辙和驴蹄印相互交织，看上去如同一种奇特的语言。一个年轻姑娘在瞪着他们，香草冰淇淋的汁顺着她的下巴流下来。没有系绳子的狗好奇地跑来跑去，在海草附近撒尿。一个肩膀呈太妃糖色的女子，围着毛巾，身子鼓鼓囊囊地挤在泳装里，奶子如同气球一样胀出来。妈坐在毯子上，穿着一件白色尼龙衬衫，扣子一直扣到脖子那儿。她的脖子很瘦,以至于她从红色暖瓶里倒茶喝的时候——有白蛉在杯子边上蹦跳着——连把茶吞下去都很痛苦似的,脖子上的条纹如同犁沟一般,往下延伸至她瘦弱的胸前。裙子下面,平滑的小腿肚上,她抹了一些香膏。那裙子齐膝高,不会再短了,起码如今不会了。

老头子穿着芙蓉红的游泳裤,在沙地上走着。他的肚子鼓出来,压着裤子系带。他用一小片浮木,拾起一只海蜇,将那钟形的身子转过来转过去,低下身子看,那肚皮都打起褶皱来。妈从一个塑料袋里拿出一把厨用刀——早晨我们没找到大篮子,他站在门前喊着:"你们到底去不去?"她的手在胡乱摸索:"当然去。"他一遍又一遍按着门铃:"圣诞节都过了你们也出不了门!"——她拿起刀,旋开蜂蜜罐的盖子,用刀将蜂蜜涂在面包上,然后慢慢抹着,一直抹到面包边上,认真得好像不涂好天都要塌下来似的。她的手慢悠悠地向前推,只是在有一缕头发掉到眼前的时候停下来,把头发顺回头上去。她在毯子的边上擦手指。摩托车按了下喇叭,唐纳利伸出一只手做挥拳庆贺状,在驴子周围喷出一片黑烟。可是他的车轮子陷在软软的沙地里。他跌倒在地上,灰溜溜地向上看着。那光脚骑着驴子的吉普赛佬身子往后一仰,大笑起来。唐纳利也突然笑了起来,在一群老太太的掌声中,把摩托车从软沙地里推了出来。

唐纳利和吉普赛佬开始喊起来,所有人都开始看着、听着:"骑驴五便士,骑车十便士,快来骑啦。"

我走到海滩靠岩石的一边。唐纳利的那位伙伴身上有篝火和灰烬的气味。他用褐色的手指拉着绳子,身子侧过来,眼睛绿得像青贮饲料，看着我问："那啥，你行不？钱呢？""我没钱。"我说。"那啥，滚吧。"唐纳利开始跟吉普赛佬耳语了些什么。那人头向后一扬大笑起来。"过来，"他跟我说，"你要不要骑驴子？"我说："要。""行啊，让你老娘过来，给咱做个口活。""什么？""你老娘啊，她给咱做口活，我给你骑驴子。"唐纳利开始笑起来。我从驴子边上慢慢走开，那吉普赛佬开始对着毛驴耳朵低声说了点什么，仿佛在给它祝福。他是不是这个意思呢？我在想。我毕竟才十一岁。

我跑到海滩边。妈妈低头看着地。老头子两手伸开站立着，就好像被钉十字架的耶稣似的，在跟妈妈争执，让她在面包上放黄油——"你让我不放黄油干吃这玩意儿？"——所以我坐在毯子边上，看着唐纳利和那吉普赛佬又在海滩上走起来。妈在我膝盖上放了一个三明治。

"妈，啥叫口活啊？"

老头子突然用手猛地在膝盖上拍起来，模样滑稽。"啊，耶稣，我都忘了！我都不知道这是啥玩意了。"妈妈的脸慢慢变白了，扯着毯子边上的穗子："我不知道，儿子，你以后再问我吧。"

唐纳利和那吉普赛佬在那海滩边上，有两个小姑娘骑在毛驴背上，另外一个男的头上包着手帕，一溜小跑着想跟上，手里拿着塑料篮子和铲子。我父亲哼了声，走到水边，从肚脐眼处扯出些线来。过了一会儿，海滩上的人渐渐走完了。到了妈上阵的时候了——我以前见过——她把腿伸到毯子边缘，抬起手来，按摩着脖子。唐纳利和吉普赛人从沙丘上走开了，手里偷偷摸摸地拿着香烟。在整片沙滩上,其他毯子都被带走了,唐恩斯商店的购物袋在翻滚,一只芬达罐子滚向沙丘,一个香烟屁股撞到了一只海蜇。太阳向大海鞠着躬。不久,海滩上除了那吉普赛人,就没有别人了。那吉普赛人牵着毛驴,向着红白两色救生带所在的十字架处走过去。路像绳子般弯曲着,穿过石头墙。这石墙再大的风暴都能抵挡,和妈修的墙全然不同。人全不见了,只剩我们,还有几只快乐的海鸥,衔着面包屑,在海上得意地飞着。

她把罩衫脱了,慢慢解着扣子,下面是她紫色的泳装,如同绕在她身上的海葵。她向海里走去。"你来不来?"她问我。"当然来了,妈。"她喉咙处的凹陷有如洞穴,烟蓝色,上面青筋交错,向上伸至脸庞,她脸上露出奇怪的笑容。她对于自己的身体还很敏感,浅尝辄止地、羞愧地向前,或许那吉普赛佬还在回头看我们呢,可是她突然在我前面,向着海跑过去,仿佛一张紫色的十便士钞票。老头子还在聚精会神地看海蜇,她已经在大西洋那浅浅的水边,用瘦弱的胳膊,划出了蝴蝶的形状。她向我洒水,还神神秘秘地向我侧过身子说:"康纳,等你大了,我再跟你解释那词是什么意思。"

那天晚上,她站在厨房里,在那日光灯下,盘子里的饭菜动也没动,只是用叉子划来划去。

次日我从学校回家,她站在下面的火坑边。她系着围裙。那围裙来自诺可神殿,是欧列瑞太太送给她的礼物,上面有圣母像,圣母的鼻子上还沾着些家制的沙司酱。我骑着自行车从巷子里过来,吱一声把车刹住,然后推着车到她站的地方。

"你在干吗呀,妈?"

她猛地转过身,有点吃惊。"你回来挺早嘛。"她说,她的手在圣母脸上擦了擦。

"你在烧什么呀,妈?"

"没啥,儿子,进去吧,我有特别的东西给你。"

我们一起走向前廊,她从我肩膀上拿下书包。桌子上有从都柏林寄来的包裹,褐色,上面打了皱。她用那修长的手,递了一把剪刀给我。"剪吧,快点儿。"包裹里是一件新的蓝色厚夹克。我把它放在桌子上,可是她叫我穿上。里头还暖和,我不想穿,可我还是快速地拉上拉链,试穿了起来。她很高兴,然后,从那沙司锅上方,向窗外看去。我说我要出去一会儿,于是把厚夹克脱了,放在桌子上。

在火坑边上,她把自己给烧了,她把自己的过去火葬了,巨大的一盒画册,边上火还没熄掉,火舌贴着她边上舔着,沿着书脊烧着,如同当年的山火,在山脊烧着。我用棍子捅着火的书边,捅过那海象胡子喜欢的蚊帐照,捅过十几张不同的卧房照,捅过纷乱的一片片皮肤。一张梳妆台前的照片没有烧,边沿是一片灰色的树林,一条从膝盖下方露出的腿,一张在消失的床单。突然,她在门廊冲我喊起来,手指上勾着外套。

"过来,你马上过来。"

我从院子里跑过来。

"你跑那儿干吗?这衣服你不喜欢吗?"

"哦,喜欢,喜欢的,是的。"

"你不穿?"

"不想给弄脏了,妈。"

她点点头,用一把上面沾满了红色酱汁的木叉子向我示意。"你过来,尝尝我做的沙司酱,跟我说好不好,说不定辣椒放得不够。"

我靠在门上,把沾满泥巴的脚放在黑白两色的油毡地上,说:"我也恨他,妈。我也恨他。他是个杂种!我恨他!"我在学校里搞清楚了这词是什么意思——喂,伙计们,这位里昂斯老弟不知道什么叫口活!你傻了还是咋的,里昂斯?谁不知道口活是什么意思啊!——所以我回来了,对父亲那骇人听闻的作为痛恨不已。

可是妈妈猛转过来,很快把我拖到椅子上——力量大得让我有些吃惊——把我放在她膝盖上,用那叉子狠狠抽我的腿,抽了六下,那酱汁四处乱溅。"你别再跟我说这个了,别再让我听见,别再跟我说了!"我听不懂她是什么意思。我的腿肚子很痛。后来,到了厨房桌子前,她说:"本来是该你爸来揍你的,可是他平生没打过人,你应该感谢才是,他连苍蝇都不打,你爸什么人都不碰!"快到黄昏,暮色渐至时,有肉联厂杀猪的气味传来,我看到她特意大踏步走到火坑前,甩着两手。她把余下的活干完了——泼了些石油,拿出火柴,火柴湿了,一擦就断,老半天才擦着,把书点着。我也没看到她投下多少阴影了。

他从休闲椅上醒来,不知道我坐在那里,伸手在口袋里掏香烟。点烟前,他猛咳起来,向河里吐了口浓痰。痰跌落在河岸上,靠近我坐的地方。痰里有血迹。"老天爷。"他说。他注意到了我。"我一定睡过去了。"他看到我往下看。他沉默了一会儿,然后又用鼻子呼吸起来。

"我今天早晨的烤面包上涂了太多覆盆子果酱。"

我突然对他感到又厌恶又关爱。

我们在厨房里。她那鸨一般的黑发披到脑后,瀑布一般倾泻而下。他从衬衫口袋里拿出一个塑料打火机,一盒梅杰牌香烟,妈抬头看他。"跟你在一起生活,就如同在烟灰缸里生活一样!"她叫道。他从椅子上站起来,将椅子顺着地板拖过,牙齿间咬着香烟,喊道:"你明白这该死的烟灰缸就好,对不对,娘们?"

这是画册全化成了灰烬后的那天早晨,火坑壁都烧焦了,中间似有她的光环。"你还有你的薯片锅,还有你这些火,"他的声音轻柔了些,接着说,"你就不能明白点儿?"

他虚张声势地冲出门,照相机包以一种沉闷的方式,挎在他肩膀上——他又出去给某些用玉米喂养、供屠宰用的牛拍照了。他把门关上,按了下喇叭,疲倦地从方向盘上伸出手指来。

妈站在厨房,靠近锅灶,满腹心思,或许是在回想过去那些壮丽的大火,所以当她看着薯片锅或火坑的时候,只能摇摇头。她把圣像图案围裙口袋上的肥皂泡擦掉——"好了,儿子,我已经看了它好长时间了,"她的眼睛瞪着炉子上的污渍,"我们怎么把它从墙上除掉?"车子向着大路开了过去。苍蝇飞到窗台上悬下来的黄色粘蝇纸上。我撑着爬到锅灶上,用肥皂钢丝球擦了起来。我们靠着墙,不过不管我们怎么擦,那污渍就是除不掉,它有着自己的圣痕①。她向空中瞪着,手伸下来,旋开了收音机的转钮。过了一会儿,我从炉子上下来,说:"妈,我得走了。不然上学迟到了。"

她又瞪了火印子一会儿。"走吧,"她脸上露着笑容说,"这个我会自己来解决的。"

她擦掉我眉毛处的一点黑污,轻轻地在我脸上亲吻着。"你的新外套看上去真不错啊。"她向我口袋里塞了一块巧克力。我走入外面充满海浪飞沫的空气里,经过火坑的一小堆灰,跳上了自行车,疯狂地踩起来,那褐色的坑洼水飞溅到我外套上。在肉联厂,父亲在和一个牵了六七头肥牛来拍照的人说话。拍完了照,这些牛会给杀掉,挂在钩子上。已经有两头牛同时拉出牛粪来,沾在了尾巴上。牛蹄惊起了昆虫,把乌鸦引了过来。我看了父亲一会儿,头靠着车龙头,然后骑车过了拱背的桥,上学去了。

那一周的后面几天,老头子又去欧洲了,妈在家等着欧列瑞太太来吃饭。这是欧列瑞太太第一次到我们家来吃饭。妈剪了些花。那一天她做好了玉米饼,我想她会实实在在吃点东西了。她紧张兮兮地在那里搓着修长的手指。

到了中午,有出租车沿着巷子悠悠地开过来。欧列瑞太太拄着拐杖,慢慢走到我们门前。出租车司机拿出几罐油漆、几个滚筒、几个颜色鲜艳的花瓶,还有一把充满异国风情的花。"小小意思,胡安妮塔。"欧列瑞太太说。所有这一切都放到了客厅地上。司机把帽子斜了一下,向欧列瑞太太致意,然后走了。

---

① 据称在一些圣徒身上出现、与耶稣受难伤痕类似的疤痕。

"好了，"欧列瑞太太说，"我们来装饰吧。"

我们三人把客厅里的家具都拖到院子里。欧列瑞太太一边搬，一边咒骂自己眼力不好。那些摇摇晃晃的石头上，东倒西歪地放了这些桌子和椅子，院子看起来很古怪。在里面，我们在地毯上放上塑料袋、报纸、床单，把客厅粉刷成了淡淡的肉粉色。我们把花瓶放在壁炉架子上，花小心翼翼地从一个角落挪到另外一个角落。"我想我们应该把植物放在对过的角落，你不觉得吗？"妈问。维克多牌手摇留声机里，突然迸出音乐来。我们在午饭后不久，停歇下来喝茶。欧列瑞太太从手提袋里拿出一瓶健力士啤酒。她问妈喜欢不喜欢客厅的新模样，像不像墨西哥。妈说："是的，很逼真。"然后她出神地低声说，这是她一生最幸福的时光，可是她的手指还在搓着，饭桌上大家都没怎么说话，玉米饼也凉了下来，欧列瑞太太在担心酒吧里给她顶班的人做得怎么样。

两天后，老头子从法国回来了，冲着房间大方地点点头说："不错，真是不错。"他在地板中间放了一个盒子，点了支烟。妈妈咬着脸里侧，面色苍白。老头子把盒子里的画册拿出来，放到暗房里，给门加了挂锁。"这些你还是别烧了。"他说。他没把这些书给她看，可是多年以后，我发现这是一本不同的书，完全不同，从他早年在梅奥的生活中选材，当时用的是那部罗耀拉相机。印这本书他一定是投了大钱。不久后妈妈就走了。父亲在我、在几乎所有人面前，把自己当作了一个被遗弃的人，生活中唯一的消遣，便是那在空中甩动渔线的动作了，欧列瑞太太避着他，欧·肖内西先生的兴趣转移到了别处，唯有麦卡锡太太的车轮胎，偶尔压过那石子路，给他送来带着基督教式关怀的饭食。

夜幕徐徐落下时，我觉得颇紧张。我们还坐在同样的地方。他在打瞌睡，虽然换上了新的飞蝇钩，但一天都没怎么钓鱼。我注意到有几只旧的斯帕尔袋子，缠绕在金雀花之间。我站起来，将它们捡起来，开始在河里清理起来。我先到了步行桥，桥板已经松了，摇摇晃晃，我斜过身子的时候，桥身咯吱作响。我用一根棍子，把白色泡沫塑料拨到岸上。涟漪迎着彼此的方向，荡漾开来。我用手指勾住一块白色塑料，放入袋子里，用棍子把芦苇中的塑料袋挑起来。地平线上的太阳低低的，空中也没有了大雁的影子，只有几只雨燕在飞。我沿着河对岸走着，不时拾起一个袋子、一段绳子、一张纸。

空中飘起了毛毛细雨。

"你在干吗？"他醒来的时候问我，他的脸上有风吹来的水滴。

"捡垃圾呢。"

"做什么呢？"

"找点事做呗。"

"我想也是。"

他站起身，走向屋子。我看着他穿过灌木，过了梯蹬。他走了好久，我想他应该是去躲雨了吧，但让我吃惊的是，他又跑回来了，手里拿着一个黑色大塑料袋。

他走到水边站住，向天空行着注目礼，风拂动着他末梢如若锯齿的头发。雨小了。他撕开大黑塑料袋的口子，将袋子甩了一甩，向里头吹了口气，让袋子向外鼓起来。我过了步行桥，开始从河岸边捡起更多的垃圾：一个卷曲的袋子、一张在芦苇边朽烂的湿报纸、一个巨大的肉联厂注射器、一个装满了钉子的纸袋、几个绕成一圈插在地里的瓶子。他扔来一只瓶子让我接，笑了起来，拖着步子四处走，用棍子戳着垃圾，把塑料袋装到了一半，时不时停下来哼着什么曲子，或看看天空，或用手摸着自己的脸颊。

我离他大概有二十码，看见他在盯着芦苇看。我好奇地漫步过去。一只打开的避孕套躺在芦苇后一洼褐色的水里，他正瞪着看。"×他妈的，这伙人渣，"他的手向镇上指着，"都是那边的人干的。"

他从河边捡起了一根枯枝，枯枝底部是个V字形，如同一根地下探测棍。他瞪着棍子看了一会儿，用手指转了转。他向着那避孕套点着头，脸上露出微笑。

他从口袋里拿出一把红色小刀，用拇指指甲扣住刀锋，把棍子头削尖。"你这要干吗？"我问。他又耸了耸肩，微笑着，眼睛周围露出皱纹来。我听到远处路上有车轮滚动的声音。他慢慢但准确地削着棍子，木屑纷纷落在河边。

"啊，老天，爸爸，"我说，"别去管它了。"

他耸耸肩，对着芦苇弯下腰，把棍子拿在手上，用它来维持平衡。我抓住他的胳膊，免得他掉下去。他又伸手出去，用棍子的尖头戳到了避孕套。套子在上面停留了一下，又掉了下去。

"啊，我×它的。"

"别管了吧。"我说。

他挣脱了我的手,将手放在泥泞的岸上,下了水,水没到了他威灵顿靴子的边沿。他用 V 字叉的另外一端,将避孕套戳住,突然大笑起来,将它举在空中,荒谬地晃了晃。

"这里头他妈的有几百万条鱼呢,"他说,"我连渔竿都不用!"

他用棍子那一头戳着避孕套,转了一会儿,又是笑,又是咳,打开了黑色袋子,将避孕套在袋子里头晃了下去,跟其他垃圾放在一起,然后将棍子抛到岸边。我弯下腰,伸手过去拉他。"我们得把你这裤子给弄干。"我说。他伸手搂住我,告诉我他累了。他用手臂勾住袋子,我们开始往家里走。水洼里折射出夕阳的点点金光。他从水洼中走过,兀自笑着。回到家里,我将炉子烧上。他坐到扶手椅里,将裤子脱下来,搭在烘烤架上,穿着内裤坐在那里。"茶里放点金粒吧!"他喊道,顺手抱起那只橘色的猫,抚摸着它。我好久没看过他脸上这么红了——通红通红的,就仿佛他取得了什么丰功伟绩一般。

"一百万条小鱼啊,儿子。"他一直在说,直到后来上了楼梯。茶在他的杯子里冒着热气,脚咯吱有声地轻踩着楼梯,下身还穿着那条内裤。

"爸,"我站在楼梯底下说,"我能不能跟你说个事?"

"当然行了。"

"我有点不大好意思。"

"咋啦?"

"嗯,我明天下午就走了。"

"是吗?"

"我在想……"

"想啥来着?"

"我是说,洗个澡。"

"什么意思?"

"你这些日子,有些气味了。"

"我的老天,康纳。"

"我在想或许我去给你放水吧。"

"啊,行行好。别来这一套吧。我不需要洗澡。我最不喜欢的就是洗澡了。我洗澡干什么呢?"

"好吧。"

"洗澡的事情能等。"

"随便你,行,行。"

"啊,老天爷。"他说。

他换着脚站着。而后走进自己的房间,轻轻关上门,可是头转过来,往下看了看我,抬起头,又把门关上了。我感觉这是个邀请,我就跟着他上去了。他已经把一只脚套进了睡裤里。

"你就这么横冲直撞闯进来不好啊。"

"嗯,算了。"

"到底怎么回事?"

"洗澡的事情我只是开玩笑。"我说。

"那也行。"

他钻到床单下。他甚至没有去拿烟,而是把床单一直拉到腰部。茶在床头桌子上凉了。

"你还记不记得?"他问了一半打住了。

"记得什么?"

"啊,老天,"他说,"我这些日子什么都记不得了。"

"为什么?"我问。

"这样更好,什么也不记得。"

他伸手去拿茶。

"你知道有一次有人怎么跟我说吗,爸?"

"什么?"

"说记忆的四分之三属于想象,其余的都是撒谎。"

"这不胡说八道嘛,这。苍蝇才会教这些屁话。谁说的?"

"是一个朋友。"

"这人简直是用屁眼在说话。"

我坐在床边。我突然把话挑开时,自己也吃了一惊。"听着,爸,你为什么这么对妈?"

"什么?"

"你知道的。"

"什么?"他说,身子动了下。

"你为什么让这种事发生?"我问,"这些照片的事。"

"啊,老天爷,你就为这个?"

"我只是问问。为什么你……"

"一个人想遗忘都不行吗?"

"我想不行。"

他安静了一会儿,看了看茶杯。"你知道有人跟我怎么说的吧?"他说,用食指指了指我,"我也忘记是谁他妈说的了,不过我觉得说得很对。他说,到富人家里,唯一能吐痰的地方是他的脸。"

他伸手摸了摸脸,等着我回答,然后又说:"你他妈想想,跑到一个老头子家里来,会怎么样呢?"

"我不知道。"

"得,见鬼吧,"他说,"我只是想太平点,安静点。走吧,让我睡觉。"

他的头转向枕头。

"那你知道我在哪里吧,爸?我离开后的头几年?你知道我去哪里了吧?"

"哪里?"

"我找妈去了。"

他坐起来,一只眼闭着,一只眼瞪着我。他的脸上渐渐失去了血色,整个脸一下子白了。"你干这种蠢事干什么?"他问。

"不为什么。"

"什么不为什么?"

"因为……"

"啊,老天爷。"

"什么痕迹都没有找到。"

屋子里鸦雀无声。茶几乎都喝光了,可是他还要把最后几滴吸出来,把杯子拿在空中,等着倒下什么来,看着几滴茶水形成一股褐色的细流,沿着杯壁流下来,他从杯沿上舔了舔这几滴茶。他将杯子拿到面前,用手指搅着里面的茶叶。他开始抖掉食指上沾着的茶叶。

"看在老天的分上,康纳。"

"我现在在怀俄明了。"我说。

"你他妈去怀俄明干吗?那里除了树什么都没有。"

"过去你可不是这么讲的。"

"得,还说我过去怎么讲呢。"

我跟他说起了清洗游泳池、滑雪缆车这些事来,还有库奇、伊莉莎、瞭望塔上的拳头,还有我偶尔会步行出去,四处游逛。"我喜欢那儿。"我告诉他。他点点头,开始哼唱《上路了杰克》——我不知道他是不是在提醒我离开屋子,还是沉迷在自己的小世界里了。他再也没说妈的事,只是哼唱着,把我一个人扔在床边,回味着这些歌词:上路吧杰克,千万千万千万不要回头。我真希望他再说点什么,什么都成。我瞪着他的脸,仿佛用目光就能从他嘴里逼出什么话来似的。可是我想,他在向我暗示的,是到了一个老人的家里,也不要朝人脸上吐痰,这跟到了富人家里,其实是一回事。

星期一　留下平安

他把我叫醒的时候,外头天还没亮。我蜷在他床的末端,身上有条毯子——一定是他晚上给我盖的——在我脚下翻折过来,还有一只暖水瓶,现在都已经凉了。他拿了一个枕头过来,垫在了我头下。那橙色的猫跟我一起窝着。床边桌子上的碟子烟灰缸里装满了烟蒂。他说他给我做了早餐,说我不能空着肚子去都柏林。然后他揉了揉胸口,走了出去。我拿起装满烟蒂的烟灰缸到了厕所,把这些烟屁股倒进马桶冲走,刮了刮胡子——这是一周来我头一次刮胡子——在洗脸池里冲掉,匆匆擦了擦,然后下楼了。

看到他给我做的"蛋黄在上"煎蛋,我忍不住笑了。

他坐在桌子对面,穿着白衬衫,上面有斑斑点点的鸡蛋痕迹。他仍用手指在揉着胸骨,若有所思地看着厨房窗外升起的太阳。然后,他打开衬衫上的一个纽扣,手顺着身子继续摸了摸。有一刻,他把手伸到胳肢窝下,夹住,放了一会儿,然后拿出来,那姿势如同拿破仑一般。他把手伸到鼻子前,闻了闻,皱起鼻子,笑了起来。

"你真觉得我该洗个澡吗?"

"是的,我觉得你是该去洗。"

"我气味有点不大好了,是不是?"

"有一点。"

"我昨天晚上也注意到了。"他说。他猛咳起来,到厨房的洗碗池边,伸手拿过洗手液。

"你这是干吗?"

"浴室里没有洗发液了。"他说。

"当然有了,"我说,"我在里头放了一瓶。"

"你不用带走吗?"他问。

"不用,不带没事。"

"你打好包了没有?"

"差不多了吧。"

"我们真的没多少说话的时间了,是不是?"

"我想是吧。"

"这人哪,有时候时间太多。但想一想,又觉得这大把时间根本不算时间。你知道我什么意思吧?"

"我其实不知道。"

"那你过来,我们到门外聊聊。"

他走出了厨房,我在他前面倒退着走,轻轻捶着他肩膀,直到被他叫住,说我要是不住手,他一拳把我打趴在地还跟玩似的。

卡车前灯突然转向,照在通往我家的那条窄路上。这里是消防部门的新领地——它们过去给肉联厂搞消防演习的时候,曾跑过这条路多次,但每回都没有顺着路走多远。所以,当有辆卡车沿着这条小巷道往前开时,一只车轮卡到了车辙沟里,车子打了滑,翻向了一边,把路的入口堵住了。大家的咒骂声此起彼伏。

妈坐在前廊的椅子上来回晃动,头缩在坩埚一般的蓝裙子里。老头子在把一根水管接在屋子前的水龙头上,嘴里大声说着:"×他妈的!"他的头发,从秃顶四周,荒谬地向外竖着。"老天爷!"水管子和水龙头接口的地方有水往外喷——那上头出现了个小洞,他要我用手指堵住。在墙上紫藤的衬托下,一道彩虹出现了。水管不够长,伸不过去。父亲用力捶着自己脑袋两侧:"你这婊子养的,你这婊子养的!"十二个穿着黄色制服的消防队员,在用绞车把卡车拖出去。其他人在巷子里跑来跑去,肚子一甩一甩的。有个家伙穿着睡衣,慌里慌张地跑了出来。他一边跑,一边穿黄消防服的上衣,然后一只手捂着裤裆跑来跑去,仿佛受了伤一样。这些人早已人到中年,等跑到了巷子尾,都像火车的货车车厢似的喘着气。他们看到矮矮的暗房在燃烧时,一下子都愣住了。

蓝色门下面有烟喷出来,烟雾上面,蛾子和蚊蚋在乱飞。那些消防队员很快跑到父亲身边,侧身问了他什么东西。他从谷仓里抓出一只桶,一只红色的桶,猛地往一个消防队员握成拳的手上递过来。"该死的消防车呢?"他叫道,又冲着明亮的夜晚咒骂了起来。他忙得团团转,充满乞求地举起双臂,接着又把水桶抢过来。消防队员想让他安静下来,把他从火苗边上拖开,大家声音里都带着种歇斯底里:"喂,这玩意儿在晃呢,伙计们,小心看好,别让他妈的横梁砸了。"有几具手持的灭火器,对着熊熊烈火,可怜巴巴地喷着。父亲在大叫着,说有什么化学品会爆炸，可是现在那消防车被拖了出来，顶上的灯闪得就跟狂欢节的转盘车似的，红色车灯衬着墙壁。老头子看着卡车，挥着手，指点着，脚在地上踩来踩去。我看着妈揪着蓝裙子，手在衣服上来回擦着，好像要把手上的什么东西擦掉。

一道尖锐的光划破了夜空，并猛然加速，一根托梁划了道优美的弧线，掉了下来，发出一声巨大的碎裂声。火星像打呵欠一般撒向院子，然后狂喜般，嘶嘶地向着郊外散去，在空中翻着筋斗，跌落，熄灭，或是请求般，向天上飞扬，然后灰灰地跌落下来，化作沃土。还有火花横着迸发出来，飞向河边，而后渐渐黯淡。突然有轰隆声发了出来。在围成一圈又一圈的底片、相片、镜头、纸张、吃了一半的三明治之间，或许是有一团甲壳虫和蜘蛛，此刻四处乱跑，嗡嗡声四起。轰鸣声中，有一个持续不断的声音："你这婊子养的，你这婊子养的！"消防车现在开动了，四个慌成一团的男人抓着那巨大的水管子，所有人都伸出手，遮在眼前，挡住上扬的炽热。妈妈蜷缩在那里，仿佛一根沉重的果树树枝，弯下腰，瞪着地，停止了摇晃。"没事吧，妈？"她头都没有抬起来，可是我注意到她的发梢有点烧焦，手臂上的汗毛也烧成了毛茬。我坐在她边上，骄傲得都快疯了，可是她只是说了声："该去睡觉了，儿子。"

我不知不觉地踱向一小群围观的人，他们在等着，看着。无数的车子沿着巷子开过来，围观着比电视节目精彩百万倍的场面——"哎呀呀，快来看，看啊，里昂斯的暗房着火了。"

一个消防队员火冒三丈地把人群往后赶，赶到巷子里。男的在大喊大叫着，看着这场景，一个个红光满面。女的穿着睡袍,头上还夹着发卷,手指间拿着湿湿的牙刷。一个我从来没有见过、长着猫头鹰脸的男子在我前面盘坐起来——"没事的,小子,"他说,"人都还太平,没什么好担心的。"突然间,人群中伸出一条肥大的胳膊,绕过那陌生人,把我搂过去,搂到健力士啤酒渍和发霉的烟味之中——是欧列瑞太太,不知怎地认出了我,抓住我T恤的前面:"你妈在哪里?"院子对过又传来大叫声——"伙计们,别让火花把屋子给烧着了!"烟雾遮住了火苗,有一些烟雾飘散到了我们四周。欧列瑞太太拿出手帕,叫我放在嘴上,洗衣粉的气味扑鼻而来。

年纪轻轻、瘦得像爱尔兰棒球棒的莫罗尼医生,从我们后面的人群中挤了过来,冲刺一般跑到消防队员边上。那些消防队员穿着黄制服,像黄蜂一样在暗房周围忙乎,一个个喃喃自语,有几个还回头看着妈。而妈妈此时在台阶上一动不动。老头子被消防队员拉住了,一边两个人,抓着他的胳膊,他的脚在下面愤怒地乱蹬着,在喊着什么似乎跟莱卡镜头和一卷什么胶卷有关的话。可是他被人这么抓着,对着那喷着烟的屋子,无计可施,如同被钉到了世界上,就像一只盘子上的虫子。欧列瑞太太走到妈面前,低下身子,一边宽慰她,一边用手指把头发梳到脑后。

"没事,没事,胡安妮塔,没事,没事。"

她叫我到厨房去,拿一些威士忌来。"快点,小伙子,不然她就晕过去了!"可是莫罗尼医生突然从上面冒出来,用手按住我的肩膀拦住我——"她要的不是威士忌。"他们一人搀着妈妈一只肩膀,把她送到客厅。客厅装修之后,已经是五彩缤纷——花瓶、植物、护身符、热烈奔放的画作、红色咖啡罐里栽的花——

他们让她坐在一把大扶手椅里,并留在她旁边。外头已经寂静下来,就跟平常的星期天下午没什么两样了,只不过从东边的窗户里,消防车警报灯的红光转动着照了进来。欧列瑞太太在炉子上放上了水壶,打开收音机,里面传出赞美诗——亲爱的主,领我走,穿过西沉的日光;亲爱的主,领我走,日子结束,我得喝上一杯酪乳。

欧列瑞太太猛然把收音机关掉。莫罗尼医生拿了一块白色毛巾蒙在妈额前。妈妈静静坐在椅子上,眼睛直直地看着前面,简直像从来没学会说话的模样,她的手摸着烧焦的发梢。"别把那茶烧得太烫了!"医生叫道,"多放些糖!"欧列瑞太太进了屋子,步子小心翼翼。她在茶上吹着,在里面多放了一些奶和糖。这时候她身后的门砰一声开了。父亲站在那里,巨大的身影,如同一只从沼泽地里挖出来的大麋鹿。他叫着:"让我闻闻她的手!让我闻闻她的手!"两个警察跟着他进来,过门槛时脱了帽。"让我闻闻她的手!我告诉你们!"一个警察伸出手,抓住我父亲的胳膊。老头子转过身,瞪着他,然后又转过来。突然间,他看到了妈妈的脸。他如天鹅一般,优雅而悲伤地转过身子,悄悄从两个警察之间走了出去,走进夜里。

外面院子里,全世界的人都围了过来,看着暗房成了一个空空的骨架,坚硬、破碎,只剩砖墙,没有了屋顶。周围都是人,走来走去,悄悄摇着头,感叹着火势的凶猛。人们用手在嘴前遮着,传着谣言。

"你看好不凄惨哩!"

"据说是她烧的。"

"这下子可烧了个精光。"

"你这简直是瞎说了。"

"这也是他的报应吧,我想。"

和我年纪相仿的男孩子朝屋子的骨架扔石头,并向这边走过来,越走越近,但又被大人用手掌拍打着给赶了出去。而大人们自己却凑近过来,想看真切一些。这是附近多年不遇的一大盛况了。我自言自语地说,我再也不去上学了,再也不去任何地方了。在厨房窗口,我看着老头子绕着屋子走过,然后跟在两个消防队员后面,慢慢从那踢开的门后走出来,手挠着脑袋。有几个消防队员拖出了两个文件柜。在客厅里面,欧列瑞太太说:"现在都没事了,胡安妮塔,晚上我陪你。"她的手摸着妈的额头,嘴里一直在说着:"没事,没事,没事。"

欧列瑞太太有气无力地跟我说:"你和你妈跟我一起来,她需要休息,她太累了,你晓得吧。你跟我过几天,直到她好起来。"外面,父亲穿着满是尘垢的衬衫,在暗房的灰烬里搜找着。

从门外,我能听到浴缸在放水。老头子在抖抖索索地脱着衣服。突然一个柜子的门发出砰一声巨响,我拉住门把手想把门打开。门锁得死死的。"没事,"他在里面说,"我不过是脱鞋呢。"

欧列瑞太太摸索着走到柜台末端,给消防队员倒酒。她放了只空的健力士啤酒桶给我坐上去。酒桶是炮筒灰色,边上有黏黏的、发干的啤酒渍。酒吧里的男人如英国巨石阵一般,围作一圈,阴沉严肃地闲聊。其中一个人走出来,取了一排品脱装啤酒杯。他们用手擦着额头，低声说："我的天，我真是要干一杯了。渴得跟贝都因人①似的。"

我坐在桶上，用牙签做着印第安棚屋的模样，眼睛瞪着墙壁海报上的爱尔兰棒球全明星选手。

妈妈在楼上一个屋子里。屋子布满灰尘，墙上钉着十字架。是欧列瑞太太牵她上去的。上楼时，她的脸上有种奇特的挑战式神情。欧列瑞太太不时上去看她怎么样，走的时候，低声做着祷告，手顺着她在墙上凿出来的印子摸着。我偷偷溜到柜台后面，用颤抖的手，往七喜的杯子里倒了些啤酒，看着那一圈男子。他们偷偷转过头来看我，其中一个人还说："没事，小子，明早一起来，又是一个好日子。"我把杯子举到唇前——我想跟这些消防队员对调过来，我想摆脱这一切，看着我自己，咕哝着，说些同情的言语和不着调的话。

"你也得上床睡觉去了，年轻人，"欧列瑞太太下来，把手放在我肩膀上说，"不过别去惊动你妈。"

"我不想去睡。"

"过来吧，来来，没事的。"

我看着柜台上的一排啤酒，如同码头上的起锚机一般，我伸手拿了一瓶威士忌，抓住细细的酒瓶颈，飞快藏到身后，塞进束腰带里，把自己的衬衫扯了出来，挡住。酒瓶贴着我的皮肤，感觉凉凉的。我在欧列瑞太太边上走了几步，她说："别这样。"

"什么呀？"

---

① 住在阿拉伯沙漠的游牧民族。

"把酒瓶留下。"

"什么酒瓶?"

"留下吧,康纳,马上。"

"我没什么酒瓶。"

"啊,马上留下吧。"

消防队员们转过身来,香烟在他们上方缭绕。

"我他妈没什么酒瓶!"

"给我。"

"是七喜。"

"我知道,你现在心情不大好,这是一场事故而已。"

"不是事故。"

"啊,这个嘛,当然是事故。"

我从她身边挤过去,我的肩膀撞到她身上,她往后晃了晃,手扶着柜台把自己稳住。一个消防队员伸开双臂向我走过来,他轻轻从我裤子后把酒瓶拿出来,我突然间手臂飞舞起来,拳头砸向他裤裆。他弯下腰,我跑向门口,却被另外一个四肢发达的消防队员抓住,这时候,我的泪决堤一般涌出来。欧列瑞太太走了过来,脖子后面的念珠哗啦啦响着。她说:"这一晚上事是不少,我们安顿你去睡吧。"

她噘起嘴,抬起头,告诉消防队员们说他们该走了,用手搭着我的肩膀,跟在我后面,走上楼梯。门虚掩着,我看到妈妈直直坐在床上,如鬼魅一般,睡衣上面还加了套头衫。她正对着一面小镜子,在往脸上化妆。我简直无法相信。我还以为她可能在摇晃呢,可是她手上拿着一个小小的、圆圆的褐色粉垫,在一丝不苟地擦着脸，仿佛是带着爱意，独自和解地面对着镜中人。"说晚安吧。"欧列瑞太太说。我站在门口，跟妈道了晚安。妈抬起头，冲我笑了笑，说不好意思惹出这么大动静来，说次日要弥补我，说不定我们可以一起去个什么地方。她的声音十分平静。

"晚安了，儿子。"

我什么也没说。

欧列瑞太太弯下身子："你可以睡我的床。"

"我不想睡你的床。"

"去啊，这就去，让你妈歇歇吧。"

她的房间有种特别的明亮和鲜艳感，墙上挂着几幅画，圣露西亚从一个木框里向下盯着，边上有幅壁挂，上面是一只昂首阔步走着的孔雀。欧列瑞太太跪在我床边，做了个祷告——"我的床有四根柱，四个天使床上悬，一个护着我的头，两个护着我的脚，还有一个护着我的心守着我的灵。"突然间，我感觉体内像被吸空了一般，我愤怒起来，跟着她一起说起祷告来了，一种无益的念叨——即便那时候，我才十二岁，我都知道这祈祷的无益来了。一口钟裸露的指针在走着，她给我裹上床单，边上折过来，我假装睡着了。"乖啊，小伙子。"她低下身子，亲吻了一下我的头顶，踮着脚从房间里走了出去。我不想被她用床单这么裹着。我从床垫下把床单扯出来，蹬到脚边，揉作一团。后来我能听到她下楼说："好了，先生们，我想到时间了，你们不觉得吗？我都说一百万遍了，要打烊了，他们需要休息啊。你们就没家可回了吗？"

我站起来，看着窗外——车子从酒吧边开出，有喇叭响了起来，声音如同得了病的麻豫鸟，消防车的车顶警报灯不再闪了——突然有声音从楼顶平台那边传来，我赶紧跳回床上。

"你没事吧，胡安妮塔？"

"我没事。"

"要不要我来陪你？"

"我没事，爱丽丝，我没事。"

"我去陪你小子吧。"

"谢谢你，爱丽丝。"

"肯定没事？"

"肯定，谢谢了。"

然后是楼梯平台上拖着步子走的声音，门把手转动了。她来到我前面，弯下腰，然后走到窗户边的一把椅子前，把鞋子踢了，在寒冷中长叹了口气，从衣橱里拿出一件大衣，慢慢把扣子扣上，转了下瓶子，喝了一小口，然后把肥大的身躯靠了下去。我睡着前，又听到她长叹了一声。次日我醒来的时候，妈妈已经走了。她的床上放着她的化妆盒。外面一片寂静，一面小小的镜子反射着光芒。

浴室的锁咔一声打开了，他从门后探出头来，说："进来吧，我×，不然我这蛋都冻掉了。"

他还穿着衬衫，可是鞋子、袜子、裤子都脱了。他换上了泳衣，旧的、红色的、他原来穿着在海滩上神气活现走路的那件。他把系绳捆得紧紧的，那绳子都在他腰上扎出了深深的印子，可即便这样，这游泳衣还是太大了。我都不敢去想他用海绵擦身子是什么局面。眼睁睁看着他变成灰烬。或许他的手指，会把自己给揉碎。他在解衬衫最下面一颗纽扣的时候，手在发抖。真奇怪，他穿着游泳衣，还这么为自己的裸体感到难为情，他用那只好的手，挡着自己的私处。

我把胳膊架到他肩膀下，可是他把我给挥开了，慢慢走向浴缸，用脚趾头试着水。"水他妈太烫了，"他说，"我都不记得什么时候洗过澡了！"可是我在他下去之前，用指尖试了下，水很温，我肯定他已经失去了一些知觉。他身体在轻轻发抖。肥皂滑下来，掉到他左腿下，他伸手去抓。我正要伸手下去拿，他却摇了摇头。"去吧，我他妈还不至于是一残废呢，我都跟你说一百万遍了。"他由着肥皂在他的左腿下化掉。

"不错。"他说，左手在浴缸边沿上晃荡下来，仿佛它不属于他的身体，而是哑剧的道具一般。"跟我说说你这趟旅行的安排吧，"他说，"你昨天差点就让我心脏病发作了。"

"我只想知道一些事情。"

"什么事情？"

"关于过去。"

"天，我不是都跟你说了吗，康纳？我不是都跟你说了吗？你都不看我的眼睛，对不对？我不是全都跟你说了吗？"

"我不觉得。"

"不过我是说了。"

"或许吧。"

"没有什么或许不或许的。"

"咱们还是别吵了。"

"我这不是吵。我吵了吗？你看我这样子，像是在吵吗？"

他从浴缸里举起手，在空中转着手掌。我转了过去，从地板上捡起他的裤子，放在暖气片上，好给烘暖和。我小时候，五六岁的时候吧，妈妈就是这么帮我烘的。她嘴里哼着什么小曲子，先在她褐色的胳膊弯里把裤子折一折，从下面伸出手，理顺，放在暖气片上，总是放得很准确，然后把手伸到柜子里拿出特别的肥皂，侧身过来。

"我的意思是说，"他说，"都过去好长时间了。"

"其实不是。"

"人都会犯错误。"

"我们谁不是？"我说。

"日子还得照样过。"

"确实。"

"最后你会知道，有些伤永远也好不了。"

他并不是用一种煽情的口吻这么说的。他的声音缓慢得像糖浆。他把头懒洋洋靠在浴缸后沿上，牙齿咬得咯咯响，又叹了口气。外面，透过模糊的窗户，我似乎看到了一些鸟在飞。我转过来看着浴缸。我一定是盯着他看了好久，目光很专注，因为他把头转了过去，然后又转过来看我。

"康纳，"他过了一会儿说，伸出一只手抓了抓额头，"你能不能在我头发上抹些洗发液？"

"怎么了？"

"我胳膊有点痛，够不着。这儿痛，"他揉揉肩膀，"或许你来帮我洗下吧，你知道。"

我站着。

"你怎么回事啊?"他问。

"没什么,没什么。"

"啊,他妈的无所谓啦。"他说,又把手放到洗澡水里。

"没问题,"我说,"我帮你洗没问题。"

"好人哪。"

我把手伸到柜子里,摸了一会儿,拿出洗发液。我的手在发抖。他把头没到水下,如同一艘瘦骨嶙峋的船在下沉。他把头发弄湿,然后出来,把手放到上面,梳了梳头发。那头发还是油乎乎的,纠缠在一起。

"你没事吧?"

"好着呢。慢点儿。现在头发剩得不多了,我×。"

我挤了一团洗发液在手心里,叫他把头发再弄湿一点,搓了搓双手。"你这样子就像行刑人。"他慢慢从水里起来说。我坐在缸沿上,侧过身。"放电过来吧,儿子。"他弓下腰,抓住扶手,青筋暴露。他背后的头发一直拖到红色泳衣上。

肥皂沫子堆在他后颈上。我伸手在他秃顶上揉着时,他满足地哼着什么小曲子。

"她不在墨西哥。"

"不在吧。"他说,这口气不像是提问。

"我以为她去那儿了。"

"嗯,现在,什么事情都说不准。"

"她也没和茜茜在一起。"

"她和茜茜一起干吗?"

"和茜茜一起有什么不好?"

我继续在他秃顶上抹着肥皂泡,抹在那些老人斑周围。

"我想她。"他说。

"我知道你想。"

"不是,不是,你不懂。我是真想。我实实在在想她。"

"我知道,我看得出来。"

"过去的事情,追也追不回来。你知道,人总想着改变过去,可过去是改变不了的。"

他长长地吹了声口哨,闭上眼睛。我的手指摸到他头上发软的地方,他的头几乎向后靠到了我的手上。我在想,伤害他多容易啊,只要手指捏下去便可。

"还有茜茜,她都在干什么?"过了一会儿他问。

"东一榔头西一锤子。其实也没干啥。"

"就和我们大家一样。还写诗吗?"

"说根本不值得一写了。"

"这话说得才叫对。"

"爸,你怎么放弃摄影了?"

"老天,这问题多蠢。别把我头发给揉没了,我×!"

"再往下浸一下。"

他花了好长时间才坐好,以便再次低头伸到水里。

"再来一次,"我说,"我再给你抹一次洗发液吧。"

"老天,也不至于这么脏吧!"

"别动,就这样。"

"还有你呢?日子还能过吗?"

"混几个小钱吧。"

他闭上眼睛:"啊,这样子我能持续好几年。滑铁卢以西,就数我头发最干净了。"

我的洗发液放得太多,有些洗发液从头发流到他脖子上。我伸手下去刮,但手指停在了那里,给他洗脖子。他的头向前倾了倾,显得有点吃惊,然后他就把脖子靠到我手上。我摸到他脖子上有一种奇怪的纠结感,那是一种用手摩擦奶酪的感觉。这脖子有一种奇怪的特质,不硬,也不是软。我在这么揉搓着的时候,他动也没动,或许他的身体处在放松状态,或许他在回忆,因为我在沿着脖子那晒黑线揉搓的时候,我能体察到他有一种消散的感觉。他的肩膀上有肥皂泡,我沿着他的肩膀,把它们揉到他后背上方。后来我双手都用了起来,手指在他脊梁处合拢——我在想,如果我推得猛一些,我都能把他整个神经系统给折断——时间翻滚着,不知不觉地从我们身边溜走,最后他离开我的手,摇摇晃晃躺到洗澡水里。

"肥皂沫到我眼睛里了。"他说。

可是我知道这是什么。他转过头不看我,说:"我感觉好极了,真的。让我一个人静静,好把这泳衣脱掉。"

我噘起嘴,点点头:"我就在外面,需要的话你叫我。"

我关门的时候,他拉开游泳衣的系绳,像是要脱掉的样子。

"康纳。"他说。

我从门缝里看过来:"什么事?"

他的手还拉着系绳。

"我真不知道。"

"什么?"

"我是说你妈的事。"

"没关系。"

"我只能猜测她大概去廷巴克图了。"

"我想我不会再去了。"

他挤出一声笑。

"说走就走了,"他说,"我都不知道她走了,是欧列瑞太太过来跟我说的。我用大锤子把暗房剩下的部分给砸了,砸了个稀巴烂。从那以后脑海里就一遍又一遍地浮现这些场景。以为她会回来,跟自己赌咒发誓说她一定会回来,也没有多想。后来几个小时过去了,一天过去了,然后是两天、三天。有时候我都在想,她是不是走到那边河里了。她心情很郁闷,你知道。"

"河里?"

"我也不知道。什么都有可能,不是吗?"

"你的意思是说,她投河了?"

"或许吧。"

"什么时候?"

"或许就是那天晚上。"

"你肯定?"

"啊,什么事情都难说个准的,是不是?唯一能肯定的,也就是这种世事不定了。什么都没准。不过我想她。我对她的想念任何人都无法想象得到。"

他从架子上拿下洗澡毛巾,浸到洗澡水里,抬起胳膊,开始使劲擦。水一定有点凉了,因为他这么擦的时候,身上有点发抖。小小水珠从他头发上滴到他肩膀上。他的眼圈红了。

"我去拿电吹风。"我说。

"我他妈才不用那玩意儿,"他咕哝着,"才他妈不用呢。"

我把门关上,让他脱掉泳衣,擦洗自己。我坐在楼梯顶部。"投河了,爸?"我从外面问他。可是他一定没有听到。洗澡水咕嘟咕嘟顺着下水道流了下去。

我们都是水做的。水有水的孤独。有风暴袭来,搜查暂停了几个小时。雨水灌满了水沟,敲打着屋顶,在路上形成了小小湖泊,小巷子无法穿越了。老头子待在外面,看着雨哗啦啦下着。搜找的人开始起了怀疑,流言又在四处传播了。她去了智利,和一个军事独裁者坠入爱河。有人在都柏林看到了她,耳后插着金莲花。她乘船驶入了风暴中。她在卡斯尔巴精神病院里,在那令人打呵欠的大门之后。可是对我来说,她应该回到自己的家了——总有一天早晨,她会写信回来。

其中一个搜找者,一个年轻姑娘,给了我一只金耳环,说是为了祝我好运。我信了她,把耳环放入夹克的口袋里,带回了家。

"她不过是走了几天。"父亲说。那天晚上,他睡在我房间外面的地板上,接下来十八个月夜夜如此。每天晚上他都跟我说故事,如同迷幻时的祈祷、神奇的梦境,而我——那时候年轻得要命——转着手里的戒指,等着有人来敲门。几年后,我从学校回来,耳朵上戴着那只耳环。那时候他开始钓鱼了,每天都去河边。"把那臭屁东西从耳朵上摘掉,"他在河岸上说,"不然瞧我怎么收拾你,我说到做到。"

"跟我的球说去吧。"我说。从此以后,我对他,就只剩这么一句话了。

他用毛巾擦干了头发,然后套了两件套头衫,穿上烘暖的裤子,披上大衣,甚至拿了些干净的毛袜子出来。他伸着懒腰走出来,闻了闻空气:"耶稣,多少年都没有这么好闻过了。"

他告诉我说早晨的蚊蚋和其他昆虫很受香气吸引,我给他抹了这么多洗发液,如果他出去,一定会被这些虫子包围。可是我们还是走了出去,走进了外面的黎明之中。我也没有发觉虫子比平时多多少。它们照旧在灌木周围成群结队,有一些悬在我们周围,如同灰色污迹。开始下起毛毛细雨,一会儿停了,一会儿又开始下了起来。

"你瞧,我说的吧。"他说,试图用巴掌拍死几只空中的虫子。

我们慢悠悠地在院子周围走着。他开独轮车的玩笑,说把他装进去推推不知会怎样。他甚至去踢车轮子,一脚过去,可是没有踢中。我注意到他一只威灵顿靴子的扣带没有扣上。我跟他说起我在墨西哥看到的那个穿着无领衬衫、破鞋子在跳舞的老头。"老头跳舞金不换哪。"他拖着步子穿过院子,走向路边。我们走出了院子。云出来了。有雨燕跟着云在飞。一阵清风从我们头上拂过。时间尚早,工厂的气味还没有飘过来。他慢慢跨过了梯蹬,从灌木丛的缝隙间,走向水边。河水像往常一样,一片死寂。

我把夹克衫塞到裤子里，在岸边坐下来。他坐在休闲椅子里，突然剧烈地咳嗽，然后站起来，去捡昨日我们没捡净的烟屁股。我开始帮他，把两个烟屁股放进我夹克的口袋。我站在他边上，突然他的胳膊挥了出去。

"你看那个！"他叫道，"你看！"

我转过头，什么也没看到，什么也没有，就连一丝涟漪都没有。

可是我知道他看到了什么。那条鱼在空中扭动，光亮的鱼肚闪出一道光，跳跃之中，身子狂扭着，狂放不羁。出了水面，跃至空中，身边是溅起的水珠，它飞了起来，鱼鳍缩了下去，尾巴飞快地摆掉水珠，身子呈现出巨大的之字形。离水面三英尺，张开着嘴巴大口吸气，眼睛大如灯泡，周围一圈水柱——那背景和动作一起，如同一张老照片，被捕捉下来——跳起来，下面的水模糊一片，水流动了一下，从芦苇荡的小小家园里挣脱出来，流向大海，草也顺着弯下来。最后他的大马哈鱼飞到了顶点，头朝下，栽落下来，发出一声神奇的声响，一片水花大珠小珠，如天气一样绽放。水懂得自己的本分，平静了下来，这里面有种欣喜，触手可及，它奇妙，它不屈。此时父亲的肩膀向我侧过来说："他娘的，真了不得，不是吗？"

他拍了拍我的后背，叫我到屋子里，把渔竿、飞蝇钩拿过来。我照着去做了。我把木头盒子打开，拿出那天他做的那个彩色的钩子。等我回来时，他在河岸上点着头，拍着手，笑着，喊着，惊叹着他那条鱼的伟大。我拿着渔竿，走到他前面，对他、对周围四处翻飞的雨燕、对雨燕捕捉的蚊蚋、对那些悠悠的闲云说：让这快乐坚持到晚上吧。

他把飞蝇钩系上，低声说："你看到没有，儿子?"

我眼光转过去跟他说："是啊，看到了。"

他咧嘴一笑，把飞蝇钩装好，转轮调了下，离开我几英尺，绕出了一些线，从前到后摸了摸竿子，从牙缝间吹出口哨，将那竿子在头顶甩来甩去。那渔线流动如波，声音清脆，左右腾挪，他只是在那里甩啊甩，仿佛明天已经没有了，根本就不存在了，只有他在那儿，一个劲地甩啊甩。

译后记

具有爱尔兰、美国双重国籍的科伦·麦凯恩而今是一个享誉世界的作家。其作品《转吧，这伟大的世界》于二〇〇九年获美国国家图书奖，被译成多国文字，二〇一〇年又相继获得IMPAC都柏林国际文学奖和中国人民文学出版社颁发给外国作家的年度最佳外国小说"微山湖奖"。而在二十年前，这位作家还是一个普通"文艺青年"，在爱尔兰乡村一个创作基地，寂静地思考着自己的身份、归属、漂泊、归宿这些问题。

这些思考凝聚成了他的长篇处女作《歌犬》。

歌犬是北美土狼的别名。这种土狼又称草原狼，生存力、适应力很强，极富好奇心和冒险性。其生存的疆域不限于荒野，它们甚至会跑到城市，在公园等地生存下来。在墨西哥，土狼还被用来代指帮人偷越国境进入美国的人，如中国的"蛇头"。在全球化浪潮下，有人就将"人往高处走"这种心态带来的移民经济，称为"土狼资本主义"。此书中的"我父亲"，就是这么一位"土狼"式的人物，从爱尔兰跑到内战中的西班牙，然后又到了墨西哥、美国，最后回归爱尔兰。

这是一个漂泊者的故事，一个历险者的故事，也是一个最终叶落归根的故事。爱尔兰是一个小小的国家，移民是家常便饭。

由于市场狭小,一个作家要想写出点名堂来,必须一开始就要考虑作品的国际市场。因此,这种乡土和他乡、漂泊和归属的问题,会长时间困扰着每一个作家。科伦·麦凯恩在写作生涯的很早期,就开始把玩这些复杂的主题。多年以后,当他写纽约的时候,早已对一个人多元化的身份归属话题驾轻就熟,其作品也如同一只土狼一样,顺顺利利地融入新的环境里。

土狼在印第安的传说里,则多半和"创世"神话有关。在印第安的传说里,这个世界是在土狼的嚎叫声中诞生出来的。而在更多人所熟知的犹太-基督教创世说里,世界的创造用了七天。这本书的结构,就是发生在七天之内的故事。七天是一个周期,也可以说它象征着人的一生。小说中的康纳回到爱尔兰办理移民手续期间,和父亲久别重逢,双方从当初的别扭,到最后的和解,也完成了父子关系——人生中最为重要的关系之一——的一个轮回。让故事更加耐人寻味的,是横亘在父子关系之间的"母亲"。康纳的母亲是一个墨西哥美女。如果说"父亲"回归爱尔兰是叶落归根,那她离开了熟悉的墨西哥则是连根拔起,艰难地在一个陌生的环境里生存,像一朵离了土地的花朵一样,逐渐凋谢。这本书结构貌似简单,是一种"七日谈",但现实和回忆重叠交错,结果七天的故事,成了漫长的"追忆似水年华"。作者在这里秉承着爱尔兰老乡乔伊斯的叙述传统,试图把汪洋恣肆的思路,安排在一个貌似简单的时间结构里。

这是一部写得很好看的小说,很"文艺"。小说并没有很强的情节,不过人物形象呼之欲出,几乎像我们记忆中调出来的某个熟人。书中的对话,有一种录音般的精确感。这一强项,也体现在作者后来写的其他小说里。小说的画面感极强,很多读者在读后的评论中说这部小说很适合改编成一部电影,一部没有多少情节,但是画面优美而抒情的电影。科伦·麦凯恩说他一直想做个诗人,却没有成功,但是我们能看到他把自己诗人的心思,都寄托到小说里了。即便对于翻译,他的要求也是要尽量把"诗意"翻译出来。不过这些诗意,未必就是风花雪月似的"诗意",这中间也有波德莱尔《恶之花》一般化丑作美的诗意,比如"父亲"失去"母亲"之后那种自暴自弃的生活,写的就是丑陋。作者似乎是要用这样丑陋的、黑白片般的现实,映照出过去的光辉岁月来,一如一部黑白和彩色相互交错的电影。

这是科伦·麦凯恩第一次写长篇,所以在接受笔者采访的时候,他谦虚地说自己写得"用力过猛",写得过于"华丽"。他说他后来的小说,写得就"节制"很多。问题是懂得节制的时候,他也已经人到中年,节制似乎是一种顺理成章。而他年轻时写的这部作品,才华横溢似乎势所难免。麦凯恩在电子邮件里说,这书就好像他的孩子,他看着它长大,但是在他眼中又永远是孩子。

我想他说的这种长大,不在于它们本身变了,而是因为作者自己声誉日隆,他所写的一切都成了文学殿堂里的"呈堂证供",被人审视、分析、接受或拒绝。书的成长,在于它开始和其他的读者、文字产生了互动。它开始走入其他文字、其他文化、其他读者当中,开始有了新的生命。此书先后被翻译成了十五种文字,在法国、德国尤其受欢迎。作者说能被翻译成中文,让此书走向中国读者,是他对此书感到最为自豪的事。

此书的翻译过程颇为诡异。二〇一〇年夏天，我因翻译《转吧，这伟大的世界》一书，前往爱尔兰做一些调研。结束后，被爱尔兰文学交流会安排到靠近北爱尔兰的乡村，在一个名叫泰隆·古思里的文艺创作中心居住。在这里，我开始了《歌犬》一书的翻译。古思里中心是一个非常优美的所在，湖光山色，美不胜收。后来跟作者说起此事，他说你是否知道，这部小说，就是多年前他在古思里中心创作的，窗外的风景，如翻飞的雨燕，还曾进入小说当中。这种意外的巧合，给这翻译的过程，平添了不少趣味。

　　另外，借此机会，向如下个人和单位的支持表示感谢：首先感谢 Barbara Penney 教授，翻译中她不厌其烦，回答我提出的各种问题。几乎我每一部的翻译，都有她的鼎力支持。感谢俄克拉荷马埃德蒙市的巴恩斯·诺贝尔书店，我在那里完成了书其余部分的翻译。这个书店有一种特别的胸襟，能让我连续几年在那里翻译一本又一本书，不会因为我不经常购买而对我另眼相看。感谢爱尔兰文学交流会给我提供的访问机会，让我有机会亲历书中所描述的一些场景。感谢俄克拉荷马基督教大学给我在假期等方面提供的支持。感谢科伦·麦凯恩先生对于翻译给予的支持——除了回答我理解上的疑难之外，他有时候甚至对于原作的句子感到不满，授权我做出适当修改。这种随和与谦虚，在一个享誉全球的大作家身上，显得颇为宝贵。最后，感谢家人对于我翻译工作的一贯支持。翻译是一项孤独的事业，这种种的支持，让我们在独自一人的时候，也不感到孤单。